I0550733

PRIX : **50** CENTIMES — LIBRAIRIE DE MICHEL LÉVY FRÈRES — RUE VIVIENNE, 2 BIS — PRIX : **50** CENTIMES

AS-TU VU LA COMÈTE, MON GAS

Revue de l'année 1858, en trois actes et quatorze tableaux

MM. Théodore COGNIARD et CLAIRVILLE

Airs nouveaux de M. NARGEOT

Ballets réglés par M. BARREZ. — Musique nouvelle de M. Camille SCHUBERT.

REPRÉSENTÉE POUR LA PREMIÈRE FOIS, A PARIS, SUR LE THÉATRE DES VARIÉTÉS, LE 30 DÉCEMBRE 1858.

DISTRIBUTION DE LA PIÈCE

MM.		MM.		Mlles
M. GOGO	Leclère.	M. MONSIEUR	Charier.	PREMIÈRE NORMANDE	Genneviève.
LE PARISIEN		M. JOBARD		LE BOULANGER	
FIGARO PREMIER	Ambroise.	UN CONTROLEUR		LA GALETTE DU GYMNASE	
UN COMPAGNON DU DEVOIR		UN BOURGEOIS	Roland	LA ROUGE	De Géraudon.
SALAMGONDIS	René.	UN BOUHIER		LE PARISIEN	R. Massenard.
RENÉ		LE CHOEUR ANTIQUE		LA COMÈTE	
LE PRINCE BARAGUINN		UN FORT DE LA HALLE	Lemonnier.	PREMIÈRE CREVETTE	
UN SPAHIS		LE PUNCH GRASSOT	Bolex.	UNE CANOTIÈRE	Darmen.
UN MARCHAND DE COCO DE...	Alex. Michel.	UN PIERROT		UN BEL AU BOIS DORMANT	Rose Deschamps.
L'AMBIGU		LE CHEVALIER		LA BARONNE	
FAUST		UN TERRASSIER		LA PETITE FILLE DE GIBO...	
LE MARCHAND DE BRIOCHES		UN MANNOT ANGLAIS	Hector.	LA FÉE GIROFLA	Silvaine.
ARISTIDE LATOU, l'homme canon	Christian.	UN PAILLASSE		LA FOLIE DES FILLES DU DIABLE	
FANFAN LA TULIPE		UN ÉTUDIANT			
VOLTAIRE		UNE BOUTEILLE A L'ENCRE		LA MARQUISE	
KINKIN	Ch. Potier.	UN OPTICIEN	Vissot.	PHOSPHORICE DES HIBELOTS	Félicie.
M. GOBETOUT		UN MUSICIEN		DU DIABLE	
KOUKOULI	Hatgal.	UN MACON	Armand.	MADAME JOBARD	Supe n.
HONORÉ LATOU		LE PHOQUE		DEUXIÈME CREVETTE	
LE MABSOUIN		UN DOMESTIQUE	Tricbaud.	UNE VIVANDIÈRE	
M. COCODÈS	Hecart.	UN GATE-SAUCE		TROISIÈME CREVETTE	Rose Deschamps.
LOUIS XI		UN VIEUX MONSIEUR	Oprs.	LA VÉNUS DE MILO	Delva.
LE POISSON DE LA TAMISE		UN MONSIEUR DANS LA SALLE	Luciné.	QUATRIÈME CREVETTE	
TAMERLON	Émile Thierry.	DEUXIÈME TERRASSIER	Schneider.	LA PIERRETTE	
UN POMPIER D'EAU				UN TITI	Alice.
MÉPHISTOPHÉLÈS		LA MAGICIENNE		PÉKINA	
JOLIBOIS	Canonnier.	UN CANOTIER		UN DÉS ARDRUBY	
DORNEVILLE		RABETTA	Alphonsine.	DEUXIÈME NORMANDE	
M. CRÉTINET		LE CANAPÉ		UNE GRISETTE	
LA MARQUISE (?)		LE CHATEAU DES FLEURS	La Galerie (?)	TROISIÈME NORMANDE	
ŒDIPE ROI		JULIE		EN DÉBARQUEMENT	
LÉON		MADAME BEAUCHICON		LA FEMME DU MACON	Léonie.
PRESSADOS		UNE DAME DE LA HALLE	Boigontier.		
UN CANOTIER	Abel Bevn.	MADAME DE POMPADOUR	A. Henry.		
UN AVOCAT		LA TORPILLE			
LE MARIN DU LÉVIATHAN	Desarbe.	LA FÉERIE ILLUSTRÉE	Daudoird.		
UN MARCHAND DE COCO					

BADAUDS, BOULANGÈRES, PATISSIERS, VENDEURS, CHINOIS, CHINOISES, CAMÉLIAS, FIGAROS, CURIEUX, SALTIMBANQUES, MARMITONS, JOUTEURS, etc.

Acte premier. — Premier tableau.

Une rue de Paris éclairée par la lune. A droite et à gauche deux affiches très-visibles; sur l'une on lit : « Le roi Voltaire. » Sur
l'autre : « Madame la marquise de Pompadour. » La comète brille
au firmament. Le théâtre est rempli de badauds, le nez en l'air.
Au milieu se tient un opticien avec une grande lunette à trois
pieds.

SCÈNE PREMIÈRE.

L'OPTICIEN, UN TITI, UN VIEUX MONSIEUR, BADAUDS.

CHŒUR.

As-tu vu la comète
Mon gas?
As-tu vu la comète?

L'OPTICIEN.

La voilà qui se montre là-bas.

LE TITI.

Elle est drôlement faite !
Elle marche la tête en bas.

L'OPTICIEN.

Pour la voir, prenez ma lunette.

CHŒUR.

As-tu vu la comète, etc.

L'OPTICIEN.

Trois sous, trois sous, la comète pour trois sous !

LE TITI.

Tiens, c'est donc augmenté les astres? Vous ne demandez
que deux sous pour faire voir la lune.

L'OPTICIEN, avec importance.

Est-ce qu'on peut comparer la lune à un astre qui possède
une queue aussi flamboyante? Une comète, vois-tu, c'est comme
une grande actrice en représentation... quand elle joue, on
double le prix des places...

LE TITI.

Je n'ai que dix centimes... voyons, montrez-la-moi pour
deux sous.

L'OPTICIEN, le repoussant.

Mais tu m'empêches le monde d'approcher. Tu déranges la
lunette, gamin !

LE TITI, se mettant en garde.

Ah ! ne touchez pas, ou je me rebiffe.

L'OPTICIEN.

Si je n'avais pas peur de me commettre avec toi, tu ver-
rais !...

LE VIEUX MONSIEUR.

Voici trois sous, Monsieur, veuillez me dire où je dois mettre
mon œil.

LE TITI.

Et vot' nez, bourgeois, est-ce qu'il ne vous gêne pas?

L'OPTICIEN, au gamin.

Si tu ne t'en vas pas, toi, je t'écrase comme un cloporte !
(au vieux monsieur.) Attendez que je m'assure. (Il règle son télé-
scope.)

LE TITI, à part.

Oui, attends un peu !...

L'OPTICIEN, au monsieur.

Vous pouvez regarder, Monsieur, si vous voulez me confier
votre œil...

LE TITI, qui est passé devant le télescope, a mis sa casquette au bout de
la lunette.

Oui, regarde, mon bonhomme, ça ne te donnera pas des
éblouissements.

L'OPTICIEN, faisant l'explication au vieux monsieur, qui a l'œil à la lunette.

La comète de Donati a été découverte le 2 juin à Florence,
entre les pieds de derrière de la Grande-Ourse et la constellation
du Lion... Vous remarquez sa queue, qui s'étend sur un espace
de 35 degrés.

LE VIEUX MONSIEUR.

Mais je ne vois ni comète ni queue, c'est tout noir.

L'OPTICIEN.

Comment, tout noir? vous avez dérangé l'instrument... (il
regarde.) Mais non. (Apercevant la casquette.) Ah ! méchant galopin,
je vais te corriger.

LE TITI, reprenant sa casquette.

De quoi? de quoi?... Monsieur se fâche, voilà ma carte. (Il
enlève le chapeau du vieux monsieur, qu'il donne à l'opticien, et se sauve en
riant.)

LE VIEUX MONSIEUR.

A-t-on jamais vu? (Å ce moment la comète pâlit et disparaît.)

L'OPTICIEN, lui rendant son chapeau.

Je vous demande pardon, Monsieur, veuillez vous replacer.

LE VIEUX MONSIEUR.

M'y voilà! (Il remet son œil à la lunette.)

L'OPTICIEN.

La comète de Donati a été découverte le 2 juin à Florence...
vous la voyez?...

LE VIEUX MONSIEUR.

Non, je ne vois plus de casquette, mais je ne vois pas non
plus la comète.

L'OPTICIEN.

Ah ! diantre, elle vient de se coucher... c'est son heure.

LE TITI.

En ce cas nous avons le droit de faire comme elle...

L'OPTICIEN.

Air : *As-tu vu la lune, mon gas!*

Il ne faut jamais se débaucher,
Même pour les comètes ;
Quand la comète va se coucher,
Regagnons nos couchettes.

LE TITI.

Demain nous reviendrons ici,
Afin de lui faire fête.
Bien l' bonsoir à monsieur Donati!
Bonsoir à sa comète!

CHŒUR.

Demain nous reviendrons ici,
Afin de lui faire fête.
Bien l' bonsoir à monsieur Donati!
Bonsoir à sa comète!

(Tout le monde s'éloigne, la scène reste vide. Bientôt paraissent deux nouveaux personnages, sortant de la coulisse de droite... Au moment où ils arrivent sur le devant de la scène, le
premier, Voltaire, s'arrête devant l'affiche qui porte son nom ; le second,
la marquise de Pompadour, devant celle qui la concerne.)

SCÈNE II.

VOLTAIRE, LA POMPADOUR.

VOLTAIRE, qui a lu l'affiche.

Oui, parbleu !.. la nouvelle était vraie.

LA POMPADOUR, lisant.

On ne m'a pas trompée.

VOLTAIRE, se retournant tout à coup et reconnaissant.

Si peut-il !.. madame la marquise de Pompadour?

LA POMPADOUR.

Monsieur de Voltaire?

VOLTAIRE.

Et comment vous trouvez-vous ici?

LA POMPADOUR.

Mais vous-même ?..

VOLTAIRE.

C'est une curieuse histoire... par c'est de l'histoire... Je me
promenais aux Champs-Élysées avec Diderot et d'Alembert,
quand ce fou de Gentil-Bernard vint nous affirmer que Paris
s'occupait encore de moi, et qu'un auteur moderne venait de
me décerner la couronne de France, en me nommant le roi de
notre siècle.

LA POMPADOUR.

Voltaire roi ?

VOLTAIRE.

Oui, le roi Voltaire, voyez cette affiche.

LA MARQUISE, riant.

Ah! ah! c'est vraiment étrange... Roi !.. ce petit Voltaire
que j'ai vu si souvent à mes pieds...

VOLTAIRE.

Alors que vous étiez presque reine et que je n'étais que le
plus humble de vos sujets.

LA POMPADOUR.

Eh bien !.. ce qui m'arrive est plus surprenant encore ;
vous ne devineriez jamais ce que les écrivains ont fait de moi
cette année.

VOLTAIRE.

Vous auraient-ils nommée rosière ?

LA POMPADOUR.

A peu près...

VOLTAIRE.

C'est le siècle des merveilles !

LA POMPADOUR.

Voyez cette affiche... « Madame la marquise de Pompadour. »

VOLTAIRE.

Eh bien ?

LA POMPADOUR.

C'est le titre d'un livre nouveau que voici, et qui peut être
offert comme prix de vertu, dans les pensionnats de demoi-
selles.

VOLTAIRE, riant.

Cela est-il possible?.. Cotillon II...

LA POMPADOUR, *riant avec lui.*
Cotillon donnée comme exemple à de jeunes innocentes,..
oui, monsieur le sceptique.

Air de MANGEANT.

De mes légèretés
Vous connaissez la liste énorme ;
Mais ce livre transforme
Tous mes défauts en qualités.
D'avoir trahi ma foi,
Loin de me faire un crime,
Il trouve légitime
Mon amour pour le roi.
L'auteur, qui cherche ici
A prendre ma défense,
Comprend qu'un roi de France
Passe avant un mari.

Chacun me reprochait
De n'avoir gardé ma puissance,
Qu'en faisant sur la France
Pleuvoir des lettres de cachet,
Mais l'auteur prouve aussi
Que j'en suis innocente,
Que j'étais trop puissante
Pour me venger ainsi.
C'est pour me diffamer
Que les fils de famille
Allaient à la Bastille
D'eux-mêmes s'enfermer.

Et l'auteur prouve au mieux
Que, si j'y retenais Latude,
C'est qu'il n'aimait l'étude
Et qu'il s'y trouvait très-heureux.
Le parc aux Cerfs, hélas !
Fut ma grande infamie ;
Mais une voix amie
Dit qu'il n'exista pas.
En ce séjour pervers,
Tant de reines postiches !..
On eût dit parc aux Biches,
Et non pas parc aux Cerfs!..

Bref, l'auteur m'applaudit,
Et voilà : c'est à ne pas croire,
Comme on écrit l'histoire
En mil huit cent cinquante-huit!

VOLTAIRE.
Ah! marquise, que notre siècle aurait été privé, si la Pompadour eût été un ange.

LA POMPADOUR.
Ah! monsieur de Voltaire, si vous n'aviez pas été un démon,
que de charmantes pages seraient perdues !

VOLTAIRE.
Entre nous, je voudrais bien pouvoir en supprimer quel-
ques-unes.. la princesse de Navarre, par exemple, et un certain
temple de la Gloire...

LA POMPADOUR.
Oui, et ces vers à la Dubarry. (Récitant avec emphase.)

« Quoi! deux baisers sur la fin de ma vie!
« Quel passe-port vous daignez m'envoyer !
« Deux! c'en est trop, adorable Égérie,
« Je serais mort de plaisir au premier. »

Vil flatteur !

VOLTAIRE.
Marquise! pitié pour mon ombre !

LA POMPADOUR.
Ah! Voltaire que vous avez été ingrat!

VOLTAIRE.
Le roi demande grâce pour le poète.

Air : Ne raillez pas la garde citoyenne.

Voltaire roi, salut au roi Voltaire,
Qui de son temps eut pour amis des rois!..
Quand je reviens aujourd'hui sur la terre,
Examinons mon règne d'autrefois.

Oui, comme un roi jadis au rang suprême,
Par des flatteurs je fus divinisé ;
Mais il fallait les courtiser moi-même,
Si je voulais en être courtisé.

Chère marquise, à de tendres faiblesses,
J'ai, comme vous, succombé malgré moi ;
Et, comme un roi, par toutes mes maîtresses
J'étais trompé... quand vous trompiez le roi.

Le roi Voltaire était grand fantaisiste ;
Contre la cour il s'emportait, ma foi !
Et, pour le rendre un peu plus royaliste,
A la Bastille on mit deux fois le roi.

Mais j'aime assez ma royauté posthume :
Ce nom de roi ne peut m'épouvanter ;
Je n'eus jamais pour sceptre qu'une plume,
Sceptre puissant et facile à porter.

J'ai combattu les préjugés du monde,
J'ai signalé ses fautes, ses travers,
Et j'ai flétri la race trop féconde
Des intrigants cachés dans l'univers.

Courage donc, descendants de Voltaire !
Vous, chers enfants, qui m'avez nommé roi,
Prenez mon sceptre, il est héréditaire,
Car le Bon sens n'est pas mort avec moi.

LA MARQUISE.
Allons, allons, calmez-vous, belle ombre! Ce pauvre Voltaire qui se croit encore au dix-huitième siècle ; mais regardez donc autour de vous, admirez cette ville des merveilles, ces
voies nouvelles qui emportent tout un monde au bout d'un
autre monde, et ce gaz qui éblouit, et ces télégraphes magiques qui suppriment les distances. Inclinons-nous, mon cher
Voltaire, voici un siècle qui laisse en arrière le siècle des phi-
losophes et des encyclopédistes... Ah ! c'est une glorieuse
époque, croyez-moi, et l'hydre du fanatisme, comme vous l'appelez, ne peut plus reparaître sans craindre de se faire broyer
sous la roue d'un wagon.

VOLTAIRE.
Salut donc au siècle de la raison !

LA MARQUISE.
Dites-vous cela parce qu'il vous a couronné ?

VOLTAIRE.
Ah! marquise, vous me rendez mes épigrammes... (Bruit au
dehors. Musique jusqu'à la sortie.) Des voix humaines !.., retournons
chez nous.

LA POMPADOUR.
Comme ils vont rire de ma sagesse !

VOLTAIRE.
Comme ils se moqueront de ma royauté !

LA POMPADOUR.
Bah! nous en rirons les premiers.

VOLTAIRE.
Beaumarchais m'avait prié cependant de m'informer d'un
certain congrès de Belgique, mais je n'ai qu'une permission de
dix heures.

LA POMPADOUR.
Bonjour, Voltaire.

VOLTAIRE.
Madame la marquise, mes très-humbles respects. (Ils s'abîment
sous terre. — Le théâtre s'éclaire.)

SCÈNE III.

TROIS TERRASSIERS *entrent en charriant un arbre, pareil à ceux que l'on plante
sur les boulevards, puis* JULIE, *puis* LÉON.

PREMIER TERRASSIER.
Doucement, doucement donc, vous poussez trop fort...
halte !

DEUXIÈME TERRASSIER.
Ouf! je n'en puis plus!

PREMIER TERRASSIER.
Quel métier de cheval!

DEUXIÈME TERRASSIER.
Si encore on pouvait boire un litre. (Ils s'arrêtent et s'asseyent au
pied de l'arbre.)

JULIE, *entrant et regardant l'arbre avec agitation.*
Ah! ils se sont arrêtés... si j'osais!... quel prétexte leur
donner?.. n'importe, il le faut... Pardon, Messieurs, excusez ma
curiosité... je désirerais savoir où vous conduisez cet arbre ?

PREMIER TERRASSIER.
Boulevard des Italiens.

JULIE, *à part.*
Ciel!... (Haut.) Et... savez-vous à peu près à quelle hauteur
du boulevard ?

PREMIER TERRASSIER.
Devant le numéro 8.

JULIE, *à part.*
Je suis perdue! (A l'homme.) Voudriez-vous me vendre cet
arbre?

LE TERRASSIER.
Vous le vendre ?

JULIE.

Je vous en donnerai tout ce que vous voudrez.

LE TERRASSIER.

Mais, Madame, il ne m'appartient pas.

JULIE.

Qu'importe, si je vous donne de quoi en acheter un autre, deux autres, dix autres... Oh! je vous en prie, cédez-moi celui-ci.

LE TERRASSIER.

C'est impossible, belle dame, cet arbre a été pris dans le bois de Vincennes, il est collectionné et attendu... par ainsi...

JULIE, à part.

Ah! malheureuse! malheureuse!...

LÉON, entrant, il fredonne.

Tra, la, la, la, la...

JULIE.

Léon!... c'est le ciel qui vous envoie...

LÉON.

Julie!... Madame de Varennes!...

JULIE.

Léon, nous sommes perdus...

LÉON.

Allons donc!...

JULIE.

Regardez cet arbre...

LÉON.

Il est fort joli...

JULIE.

C'est celui du bois de Vincennes...

LÉON.

Ah bah!

JULIE.

Lisez ces deux noms gravés sur son écorce...

LÉON, lisant.

« Julie aime Léon. 3 août 1856. » Oui, oui, je reconnais cette date, ainsi que les deux cœurs que nous avons gravés ensemble...

JULIE.

Cette date, qui m'a valu déjà tant de scènes de jalousie, bien que je n'aie rien à me reprocher.

LÉON.

Sans doute, sans doute... Eh bien?

JULIE.

Savez-vous où ces hommes vont planter cet arbre?

LÉON.

Non...

JULIE.

Boulevard des Italiens, devant le numéro 8... sous les fenêtres de mon mari, enfin!!

LÉON.

Diable!...

JULIE.

Air de *la Sentinelle.*

Sombre forêt, bosquets, bois enchanteurs,
Nos amours asile solitaire,
Où nos deux noms, ainsi que nos deux cœurs,
Devaient grandir à l'ombre du mystère,
Pourquoi quitter vos bocages fleuris?
En vain, par votre épais feuillage,
Vous voudrez ombrager Paris,
Ce n'est qu'à nos pauvres maris
Que vous donnerez de l'ombrage.

LÉON.

C'est que c'est vrai! C'est une grande imprudence... et l'on n'a pas prévu tout ce qui pourrait en résulter... Ah! une idée!...

JULIE.

Quoi?...

LÉON.

Attendez! (Aux hommes.) Vous avez l'air bien fatigué, mes braves...

LE TERRASSIER.

Mais oui, assez...

LÉON, leur donnant de l'argent.

Tenez, allez vous rafraîchir... J'aperçois de ce côté un marchand de vins.

LE TERRASSIER.

Oh! ma foi, merci, ça n'est pas de refus... Venez, vous autres... (Ils sortent.)

LÉON.

Allez!... allez!... et maintenant... (Il a tiré un canif de sa poche; il trempe sur la petite voiture, efface les noms, il redescend; pendant ce temps la jeune femme regarde de tous côtés avec anxiété.)

Dépêchez-vous...

LÉON.

C'est fait!...

JULIE.

Sauvée!...

LÉON.

C'est égal... je maintiens que c'est un abus.

Air de M. JULES BOUCHER.

Ah! que de larmes, que de cris,
Que de scandale dans Paris,
Si les arbres de nos forêts
Viennent dévoiler nos secrets!
Dans les ménages que de scènes,
Quand, révélé par le hasard,
Ce qui s'écrivait à Vincennes
Se lira sur le boulevard.
C'était où se trouvaient les arbres
Que l'on se promenait jadis,
Et maintenant ce sont les arbres
Qui se promènent dans Paris.
De votre époux, chère Julie,
Ne redoutez plus les fureurs.

JULIE.

Je ne crains plus sa jalousie,
Vous avez gratté nos deux cœurs.

ENSEMBLE.

Ah! que de larmes, que de cris,
Que de scandale dans Paris,
Si les arbres de nos forêts
Viennent dévoiler nos secrets!

(Ils sortent par la gauche. Les terrassiers poussent l'arbre par la droite.)

SCÈNE IV

LA GALETTE DU GYMNASE, puis LE MARCHAND DE BRIOCHES.

LA GALETTE, entrant par la droite.

Air des *Jolis soldats.*

C'est moi! (bis.) renaissez à l'espoir!
Je suis la galette du Gymnase!
Que dans ma caze
On revienne me voir!
Je brille encore à mon comptoir,
Pour les passants, douleur profonde!
Pendant tout un mois je fermai,
Et le Gymnase en était alarmé,
Je nourrissais le *Demi-Monde*,
Et bien longtemps ma galette au gros sel
Engraissa le *fils naturel.*
La foule accourait d'une ligne,
Et l'on disait de bonne foi:
« Voyez! au théâtre on fait queue,
Eh bien! la queue était chez moi! »
C'est moi! (bis.) renaissez à l'espoir, etc.

LE MARCHAND DE BRIOCHES, entrant par la gauche.

Air :

Chauds, chauds,
Ils sont tout chauds!
V'là l' pâtissier de la ru' de la Lune.
Chauds, chauds, ils sont tout chauds!
J'ai fait fortune pour tout le monde
Avec mes p'tits gâteaux.
Tout le long du jour,
Je chauffe mon four;
J'adore mon four,
C'est mon seul amour.
De mon carrefour,
Je suis le Véfour,
Et jamais mon four
Un jour m'a fait four.
Chauds, chauds, etc.

LA GALETTE.

Mon antagoniste de la rue de la Lune!

LE MARCHAND DE BRIOCHES.

Mon dieu, oui! Désolé si mes brioches ont fait du tort à votre galette!... mais le four chauffe pour tout le monde.

LA GALETTE.

Oui, tu triomphes en ce moment... tu fais ton beurre; mais patience, ma pâte ferme est solide, et, comme dit mon voisin le Gymnase, il faut que galette se paye.

SCÈNE V.

LES MÊMES, TROIS MARCHANDES DE MOUFLETS.

Une petite boutique arrive sur le théâtre. Trois Normandes avec d'énormes bonnets sont occupées à confectionner des mouflets.)

PREMIÈRE NORMANDE.

Mouflets!... mouflets!... mouflets!...

DEUXIÈME NORMANDE.

Y sont tout chauds!... y brûlent!...

TROISIÈME NORMANDE.

Demandez!... faites-vous servir!

LE MARCHAND DE BRIOCHES.

Qu'est-ce que c'est que ça?...

LA GALETTE.

Sont-ce des femmes ou des bonnets?

LE MARCHAND DE BRIOCHES, aux marchandes.

Dites donc : qu'est-ce que vous vendez là... les Normandes?

PREMIÈRE NORMANDE.

C'est des mouflets, M'sieu, pour vous en servir si vous en voulais donc!

LE MARCHAND DE BRIOCHES.

Des mouflets!.. qu'est-ce que c'est que cette bêtise-là?...

PREMIÈRE NORMANDE.

C'est vous qu'êtes bête, not' bourgeois.

DEUXIÈME NORMANDE.

A-t-on jamais vu ce mitron!

TROISIÈME NORMANDE.

Est-ce que vous allez débiner not' marchandise, vous?

PREMIÈRE NORMANDE.

Le mouflet, c'est une invention de la Normandie! et v'là tout... Un nouveau gâteau, da! et comme les Normands n'en veulent plus, je nous sommes dit que c'était ben assez bon pour les Parisiens, qu'étaient en général un brin jobards et un brin lichards!

LE MARCHAND DE BRIOCHES.

Encore une concurrence!... un nouveau gâteau pour aplatir mes brioches! Oh! mais minute, les Normandes!... (Les Normandes sortent de leur boutique.)

PREMIÈRE NORMANDE.

Allais, marchais, nous ne vous craignons point...

LES DEUX AUTRES.

Non, que nous n' vous craignons point!...

LA GALETTE.

Ah ça! mais, c'est pas des bonnets que vous avez là... c'est des cerfs-volant.

LE MARCHAND DE BRIOCHES.

S'il arrive un coup de vent, elles vont s'envoler! faut les attacher.

LA GALETTE ET LE MARCHAND DE BRIOCHES, riant.

Ah! ah! ah!

DEUXIÈME NORMANDE.

Ne vous moquez point, da!

TROISIÈME NORMANDE.

Ou j'vous barbouille avec ma pâte.

LE MARCHAND DE BRIOCHES.

La!... la!... calmez-vous!

Air : V'là c' que c'est qu' d'aller au bois.

Mais qu'est-c' que c'est que c' grand bonnet?

PREMIÈRE NORMANDE.

Nous allons vous dir' ce que c'est,
Comm' le clocher d'un' cathédrale,
C' bonnet nous signale
À la capitale,
Et c'est pour voir nos grands bonnets
Qu'on vient acheter nos mouflets.

DEUXIÈME COUPLET.

LA GALETTE.

Mais qu'est-c' que c'est donc qu'un mouflet?

PREMIÈRE NORMANDE.

Nous allons vous dir' ce que c'est.
Nous mettons dans une terrine,
Des œufs, d' la farine,
Ça fait un' pât' fine.

LA GALETTE.

Autrefois ça f'sait un beignet.

PREMIÈRE NORMANDE.

Maint'nant ça fait un mouflet.

TROISIÈME COUPLET.

LE MARCHAND DE BRIOCHES, à la première Normande.

J'aime ton petit air coquet,
(Lui prenant la taille.)
Je veux t'acheter un mouflet.

PREMIÈRE NORMANDE.

Prendre ma taille, quelle audace!
Laissez-moi, de grâce.

LE MARCHAND DE BRIOCHES.

Il faut que j' t'embrasse,
Je veux ton cœur et ton mouflet.

PREMIÈRE NORMANDE, lui donnant un soufflet.

Et tu n'auras qu'un soufflet!

DEUXIÈME NORMANDE.

Bravo! c'est ben fait!

TROISIÈME NORMANDE.

Y n'a que c' qu'y mérite!

LE MARCHAND DE BRIOCHES.

Fichtre! quel sou... non, quel mou... je dis bien quel soufflet!

VOIX, dans la coulisse à droite.

Par le flanc gauche, gauche!

VOIX, dans la coulisse à gauche.

Par le flanc droit... droite!

VOIX, des deux côtés.

En avant, marche!

LE MARCHAND DE BRIOCHES.

Tiens! des boulangers!

LA GALETTE.

Et de ce côté des pâtissiers!

PREMIÈRE NORMANDE.

On dirait deux régiments... ils s'approchent... les voici!...

SCÈNE VI.

LES MÊMES, BOULANGERS, PATISSIERS.

(Les premiers arrivent par la droite, mis comme des mitrons, les seconds défilent par la gauche, vêtus de vestes blanches et de tabliers blancs.)

CHŒUR.

Air de Lariffla.

Guerre à jamais à la boulangerie!
pâtisserie!
Soldats du four, dans ce nouveau débat,
De la valeur, dont notre âme est pétrie,
Nous donnerons des preuves au combat.
En avant!
Soldats du régiment,
Bravement
Et courageusement,
Combattons jusqu'au dernier moment.
Mitrons, en avant!

TOUS.

En avant!... (Ils s'avancent les uns sur les autres.)

LA GALETTE, les séparant.

Un instant... avant d'en venir aux mains, on s'explique.
Pourquoi cette guerre?

LE PATISSIER CHEF.

Parce que les boulangers font des gâteaux, et que depuis que les boulangers font des gâteaux, les pâtissiers ne font plus rien.

LE BOULANGER CHEF.

C'est le droit de la boulange... si vous avez un code, prenez-le, et à l'article gâteau, feuilletez.

LE PATISSIER.

Nous avons consulté le Palais, et le Palais est pour la pâtisserie, la pâtisserie des pâtissiers.

LE BOULANGER.

Il y a un moyen d'arranger ça; puisque nous faisons des gâteaux, faites du pain.

LE MARCHAND DE BRIOCHES.

Il a raison, le mitron.

LE PATISSIER.

Farceur, vous savez bien que ça nous est défendu.

LE BOULANGER.

Alors, n'en faites pas.

LE PATISSIER.

Bon; mais ne faites pas de gâteaux.

LE BOULANGER.

Ça nous est permis.

LE PATISSIER, en colère.

Mais s'il est permis à ceux qui font du pain de faire des gâteaux, quand il est défendu à ceux qui font des gâteaux de faire du pain... c'est pas juste pour ceux qui font des gâteaux... nom de nom!

LES PATISSIERS.

Non! non!

LES BOULANGERS.

Si!... si!...

LE MARCHAND DE BRIOCHES.

Ça se gâte!...

LE PÂTISSIER.

C'est inadmissible!... il faut replaider. (Entre un avocat.) Justement, voici un avocat!

TOUS, entourant l'avocat.

Monsieur l'avocat!... monsieur l'avocat!...

L'AVOCAT.

Oh! éloignez-vous!... éloignez-vous!... vous allez aplatir ma crinoline!

LE MARCHAND DE BRIOCHES.

Un avocat en crinoline!

L'AVOCAT.

Est-ce qu'un avocat n'est pas un homme de robe?

LE PÂTISSIER.

C'est juste... mais...

L'AVOCAT.

Pardon, je ne puis m'arrêter... On m'attend au Palais... prenez garde à ma crinoline!... prenez donc garde, sacrebleu! (Il sort.)

LE PÂTISSIER.

Il refuse de nous entendre!... Eh bien! la guerre!

TOUS.

La guerre! (Musique. — Une tête énorme sort de terre avec une bouche démesurément grande. — On lit sur les créneaux de la bolfure : « Bouche de Paris. »)

TOUS.

Qu'est-ce que c'est que ça?

LE MARCHAND DE BRIOCHES.

Bouche de Paris!

LA GALETTE.

Quel avaloir?

LE PÂTISSIER.

Et nous nous disputions!

LE BOULANGER.

Mais nous ne ferons jamais assez de brioches et de pains de quatre livres pour une pareille mâchoire!

Air de la Ronde des dames de la Halle... (BOUFFES-PARISIENS.)

En voyant cette bouche énorme,
Faut-y s' battre à coups de canon?

TOUS.

Non, non, non, non, non, non.

LE PÂTISSIER.

Il ne faut pas que l'on s'endorme,
Ce qu'ell' consomme est inouï!

TOUS.

Oui, oui, oui, oui!

LE BOULANGER.

Allons, pâtissons à la ronde,
Y aura du travail pour tout l' monde,
Remplissons d' pain,

LE PÂTISSIER.

Et de biscuits.

La grande bouche de Paris.
Tout ce qu'on lui donnera,
Elle le digérera.

TOUS.

Ah, ah, ah, ah, ah, ah, ah!

LE PÂTISSIER.

Ah! vive la pâtisserie! ⎱ (bis en chœur.)
Et vive la boulangerie! ⎰
Entre nous, mitrons, plus de jalousie!

DEUXIÈME COUPLET.

LE MARCHAND DE BRIOCHES.

A tous les mets qu'on lui présente,
Cette bouche-là! sans remord...

TOUS.

Mord, mord, mord, mord, mord!

LA GALETTE.

Sa faim toujours est dévorante,
Son appétit n'a pas de nom!

TOUS.

Non, non, non, non, non!

LE PÂTISSIER.

Plus y a d' marchands, plus y a d' marchandes,
Et plus ses dents deviennent grandes.

LE BOULANGER.

Et si l'on n' mettait rien dedans,
Elle mangerait les marchands.

Avec l'appétit qu'elle a,
Elle nous enrichira.

TOUS.

Ah, ah, ah, ah, ah, ah, ah!

LE BOULANGER.

Ah! vive la pâtisserie! ⎱ (bis en chœur.)
Et vive la boulangerie! ⎰
Entre nous, mitrons, plus de jalousie!

(Pâtissiers et boulangers se donnent la main et tout le monde sort. — La tête disparaît. — Changement à vue.)

DEUXIÈME TABLEAU.

Le fond de la mer. A droite un banc d'huîtres, partout des coraux, des coquillages, des herbes marines, etc.

SCÈNE PREMIÈRE.

LE MARSOUIN. Il entre avec un parapluie ouvert, et lisant un journal.

Je suis un marsouin, un marsouin élevé au collège de France. J'ai fait mes classes dans un bassin du Jardin des Plantes, je suis doncun marsouin instruit, un poisson de lettres. Eh bien! je viens de pêcher ce journal, et, foi de poisson, je n'y comprends pas quatre lignes... D'abord, qu'est-ce que c'est qu'un câble électrique?... je ne peux pas m'expliquer ce que c'est qu'un câble, et c'est accablant.

Air : Oh! ma mère est-ce que.

Ah! du collège de France,
C'est la faute assurément;
On n'a pas sa conscience,
Soigné mon avancement?
Au collège, si mon maître
Ne m'avança pas assez,
C'est qu'il n'aimait pas, peut-être,
Les poissons trop avancés.

Ah! je suis un marsouin bourrelé d'inquiétude. (Musique.) Mais j'aperçois le hareng. Il est fin, il est malin... abordons-le.

SCÈNE II.

LE MARSOUIN, LE HARENG.

LE MARSOUIN, arrêtant le hareng.

Hareng, mon petit pec, un mot, S. V. P?

LE HARENG.

Rien qu'un, je suis pressé.

LE MARSOUIN.

Oh! ces harengs!... On a bien raison de dire : pressé comme des harengs.

LE HARENG.

Finalement, père Marsouin, que me voulez-vous?

LE MARSOUIN.

Comme poisson, as-tu ouï parler des câbles transocéaniques?

LE HARENG.

Est-ce que ça me regarde?... Je ne suis pas un poisson lettré... non, laité... je disais bien, lettré... Je suis un poisson bohème... comme hareng... j'erre, et, me sentant fatigué, je cherche mon banc.

LE MARSOUIN.

Quel banc?

LE HARENG.

Mon banc de harengs. Si vous voulez vous renseigner, adressez-vous à ce banc d'huîtres.

LE MARSOUIN.

Ah bien, oui!... Ces pauvres huîtres sont dans un état... Voyez, il n'y en a presque plus.

LE HARENG.

C'est pour cela qu'elles augmentent.

LE MARSOUIN.

Elles augmentent?

LE HARENG.

Elles augmentent... parce qu'elles diminuent.

LE MARSOUIN.

Mais, en effet... je lisais tout à l'heure dans une feuille terrestre qu'un savant proposait d'établir des pensionnats pour les huîtres, sous la dénomination d'huîtrières artificielles.

LE HARENG, riant bêtement.

Ah! ah! ah! En v'là une idée!

LE MARSOUIN.

C'est très-ingénieux.

Air : *Ah! qu'il est doux de vendanger.*

De ce projet le résultat
Doit avoir de l'éclat,
Voyez comme c'est délicat;
Les huîtres, en bas âge,
Vont, aux frais de l'État,
Être mis en sevrage;

Partout, l'huître s'élèvera,
Croîtra, multipliera;
Partout l'huître se mariera!
Quels curieux chapitres!
Chaque jour on verra
Publier des bans d'huîtres.

Si ce mollusque est conservé,
Paris sera sauvé;
Paris qui se l'est réservé,
Fera valoir ses titres;
Il serait trop privé,
S'il était privé d'huîtres.

LE HARENG.

Je partage votre opinion.

LE MARSOUIN.

Mais tout cela ne m'apprend pas... Ah! j'aperçois le phoque,
il est intelligent celui-là.

LE HARENG.

Le fait est qu'il dit papa très-gentiment.

LE MARSOUIN.

Le voici, hareng, tais ton bec.

SCÈNE III.

LES MÊMES, LE PHOQUE.

LE MARSOUIN, au phoque.

Sais-tu ce que c'est qu'un câble sous-marin, phoque intelligent?..

LE PHOQUE.

Pas, pas...

LE MARSOUIN.

Oui, tu dis papa très-bien... mais ça ne suffit pas... Voyons,
cherche un peu... qu'est-ce que c'est qu'un câble?

LE PHOQUE.

Câble?...

LE MARSOUIN.

Sous-marin?

LE PHOQUE.

Sous-marin?... pas savoir... pas, pas...

LE HARENG.

Je la trouve bête son intelligence.

LE MARSOUIN.

Vous ne savez donc pas ce qui se passe là-haut?

LE HARENG ET LE PHOQUE.

Non!

LE MARSOUIN.

Vous savez du moins qu'un navire a fait naufrage, ce matin.

LE HARENG ET LE PHOQUE.

Oui!

LE MARSOUIN.

Eh bien! c'est au nombre de tous les objets tombés au fond
de la mer que j'ai trouvé ce journal.

LE HARENG.

Après?..

LE MARSOUIN.

Il me confirme ce que m'avait déjà dit une vieille morue de
Terre-Neuve. Il y est question d'une grande machine électrique,
qui doit relier le Vieux-Monde au Monde-Nouveau.

LE PHOQUE ET LE HARENG.

Ah bah!

LE MARSOUIN.

Quelle peut être cette machine? sans doute quelque invention
diabolique, pour prendre d'un seul coup de filet tous les poissons de l'Océan.

LE PHOQUE ET LE HARENG.

Horreur!...

RIRES DANS LA COULISSE.

Ah! ah! ah! ah!..

TOUS.

Qu'est-ce donc?..

LE MARSOUIN.

Ce sont ces petites folles de crevettes... je les ai laissées près
du bâtiment naufragé, qui portait à la Martinique toute une
cargaison de bijoux...

LE HARENG.

Ah! comme elles sont brillantes!..

SCÈNE IV.

LES MÊMES, LES CREVETTES.

CHŒUR.

Air de *Pépito.* (OFFENBACH.)

Ah! les gracieux, les séduisants bijoux!
Voyez-les briller, à nos bras, à nos cous.
Messieurs les poissons, allons, regardez-nous,
Avec ces bijoux nous vous séduirons tous.

PREMIÈRE CREVETTE.

Quelle bague étincelante!

DEUXIÈME CREVETTE.

Combien ce collier me plaît!

TROISIÈME CREVETTE.

Quelle parure charmante!

QUATRIÈME CREVETTE.

La merveilleux bracelet!

PREMIÈRE CREVETTE.

Cela complète ma toilette.

DEUXIÈME CREVETTE.

Vrai, c'est un chef-d'œuvre de l'art.

TROISIÈME CREVETTE.

De mon brochet je l'ai faire tourner la tête.

QUATRIÈME CREVETTE.

Que je vais plaire à mon homard.

ENSEMBLE.

Grâces à ces trouvailles,
Chacune de nous séduira.
Ah! ah! ah!

ENSEMBLE.

LES CREVETTES.

Ah! les gracieux, les séduisants bijoux! etc.

LES HOMMES.

Ah! les gracieux, les séduisants bijoux!
Voyez les briller à leurs bras, à leurs cous.
Tant d'attraits, vraiment, c'est à nous rendre fous,
Ces crevettes-là vont nous séduire tous.

LE MARSOUIN.

Sont-elles coquettes ces crevettes!

LE HARENG.

Oui, elles sont coquettes, mais gentilles à croquer.

PREMIÈRE CREVETTE.

Eh bien! avisez-vous de ça, vous.

LE HARENG.

Calme-toi, petite sauvage.

LE MARSOUIN.

Sauvages, les crevettes... ce sont les biches de l'Océan.

DEUXIÈME CREVETTE.

Quel est l'impertinent qui nous compare à des biches?...

TROISIÈME CREVETTE.

C'est ce vilain marsouin.

LE MARSOUIN.

La, la, mes poulettes, vous savez que je vous aime, ai-
mables salicoques.

DEUXIÈME CREVETTE.

Laissez donc, vieux monstre, nous le connaissons votre
amour... Figurez-vous que la semaine dernière il a voulu me
conduire en rocher particulier.

TOUS.

Horreur!..

TROISIÈME CREVETTE.

Et moi, n'a-t-il pas eu l'infamie de m'offrir du crédit Mari-
nier!...

TOUS.

Oh! oh!...

QUATRIÈME CREVETTE.

Et moi donc, ne m'a-t-il pas proposé une tournure en cornaline!...

LE HARENG.

Porter de la cornaline... ah!

PREMIÈRE CREVETTE.

Plus souvent que nous écouterons un vieux vilain bêta
comme lui!.. ce n'est jamais l'intérêt qui nous guide.

Air: *N'ayez pas peur du canon.*

Nous sommes de l'Océan
Les gentilles grisettes.

TOUS.

Nous sommes } de l'Océan
Elles sont }
Les gentilles grisettes.

PREMIÈRE CREVETTE.

Aussi le poisson prudent
Dit à son fils trop galant :

Ne va pas par là,
On t'y pincera...
C'est l' quartier des crevettes.

TOUS.
Aussi le poisson prudent, etc.

DEUXIÈME CREVETTE.
Lorsque nous festivalons,
Nous faisons des bêtises.

TOUTES.
Lorsque nous festivalons, etc.

QUATRIÈME CREVETTE.
L'autre soir que nous soupions
Avec quatre barbillons,
Je dois en rougir,
On se vit sortir
Que des crevettes grises.

TOUTES.
L'autre soir que nous soupions, etc.

LE MARSOUIN.
Je demande à ajouter un couplet gracieux.

(Même air.)
Vous ne mêlez pas de fleurs
À vos simples toilettes.

TOUS.
Nous ne mêlons
Vous ne mêlez } pas de fleurs
À { nos
    vos } simples toilettes.

LE MARSOUIN.
Et pourtant des amateurs,
Chez tous les restaurateurs,
Chérissent par goût,
Veulent avant tout
Un bouquet de crevettes.

Et pourtant les amateurs, etc.

LES CREVETTES.
Très-joli, bravo !...

LE HARENG.
Ah ! mais, en parlant de bouquet, mes enfants, est-ce que
vous ne sentez pas ?...

LE MARSOUIN.
Si... ah ! si, je sens que ça ne sent pas bon...

LE PHOQUE.
Mais, sapristi !... ça sent très-mauvais.

TOUS, se bouchant le nez.
Ah ! c'est intolérable !...

LE HARENG.
Mais d'où cela vient-il ?...

LE MARSOUIN, regardant à droite.
Ah ! tenez, là-bas, regardez cet affreux poisson !...
Il nage en eau trouble.

PREMIÈRE CREVETTE.
Je le reconnais, c'est un poisson de la Tamise.

TOUS.
Ah !.. puah ! puah !..

SCÈNE V.

LES MÊMES, LE POISSON NOIR.

Air des *Fraises.*

LE POISSON NOIR.
Hélas ! tel que me voilà,
Je sors de la Tamise.

LE HARENG.
À ta mise on voit cela.

LE MARSOUIN.
Et même ça se sent à
Ta mise *(ter.)*.

(Se bouchant le nez.) Ah ! sapristi !... Poisson, éloignez-vous !..

TOUS, idem.
Éloignez-vous, poisson, éloignez-vous.

LE POISSON NOIR.
Là, vous voilà tous dans la position des membres du Comité
de salubrité anglais sur les bords de la Tamise, où il tenait son
meeting.

LE MARSOUIN.
Un comité de salubrité anglais ?

LE POISSON NOIR.
Oui.

Air de M. ÉMILE THIERRY.
Quand la chaleur empêstait la Tamise,
Le Comité, qui fumait sans tabac,
Ouvrait la fnêtre et prenait une prise,
Qui n'était pas un pris' de machubac.
Quand il devait parler de ses machines,
Pour assainir ces lieux empoisonnés,
Les orateurs se bouchaient les narines, }
Et l' Comité ne parlait que du nez... } *(bis en chœur.)*

LE MARSOUIN.
Eh bien ! vous me croirez si vous voulez : mais on s'y fait...

LE POISSON NOIR.
Parbleu ! le Comité s'y est bien fait.

TOUS.
Nous nous y ferons. *(Ici ritournelle de l'air suivant.)* Qu'est-ce que
c'est que ça ?

LE POISSON NOIR.
Ah ! je sais... c'est un navire qui a quitté Londres avec moi
et que j'ai suivi jusqu'ici.

CHANT DE MATELOTS, à la cantonade.
Air du *Naufrage de la Méduse.*
Puissance magique !
Enfin, matelots,
Le câble électrique
Touche au fond des eaux.

*(À la fin du chant, on voit le câble sous-marin tomber du cintre et traverser
le théâtre.)*

TOUS.
Ah ! qu'est-ce que c'est que ça ?

LE MARSOUIN, avec défiance.
Ça m'a bien l'air d'une balançoire !

TOUS.
Oui, c'est ça, c'est une balançoire !

LE POISSON NOIR, à part.
Ne leur disons pas que c'est l'*English-cable-electric.*

TROISIÈME CREVETTE.
Balançons-nous !

TOUS.
Oui, oui, balançons-nous !

CHŒUR.
Air des *Chaises brisées.*
Nous devons croire
Que c'est une balançoire.
Réunissons-nous tous
Et balançons-nous.

LE POISSON NOIR, à part.
On attend des nouvelles,
Ils vont en voir de belles.

LES AUTRES.
Qu'on est bien comme ça !
Balançons-nous doucement... Ah !
*(Un grand bruit s'est fait à l'orchestre ; tous les poissons ont sauté en l'air :
le marsouin, le hareng et le phoque, le nez par terre.)*

LE POISSON NOIR, riant.
Ah ! ah ! ah ! ah ! ah ! ah ! ah ! ah !

LES AUTRES.

REPRISE.
Qu'est-ce qui nous arrive ?
Est-ce encore une tentative ?
Un nouvel hameçon,
Pour prendre le poisson ?

LE POISSON NOIR.
Comment ! vous ne saviez donc pas ?..

TOUS.
Quoi donc ?

LE POISSON NOIR.
Mais c'est le câble ?

LE MARSOUIN.
Et vous attendez que nous soyons par terre pour nous dire ça ?

QUATRIÈME CREVETTE.
Qu'est-ce que c'est donc que cette machine-là ?

LE POISSON NOIR.
Une découverte qui va de London aux États-Unis.

LE HARENG.
Alors c'est la plus grande découverte de l'année.

LE POISSON NOIR.
Et la plus utile... Tenez, vous allez voir, je vais intercepter

toutes les demandes et toutes les réponses que s'adresseront les Anglais et les Américains.

LE MARSOUIN.

Comment allez-vous intercepter ça?

LE POISSON NOIR.

Au moyen de la torpille, un poisson électrique, qui se met très-facilement en communication avec le télégraphe... Par ici, torpille!

SCÈNE VI.

LES MÊMES, LA TORPILLE.

LA TORPILLE, apparaissant tout à tout, costume éclatant; elle sort de terre.
Que me veux-tu?

TOUS LES POISSONS, sautant en l'air.
Ah!

LE MARSOUIN.

Est-ce que ça ne va pas finir ça?

LE POISSON NOIR.

N'ayez pas peur; on s'y fait... Voyons, torpille, le câble s'agite, qu'est-ce que les Anglais demandent aux Américains?

LA TORPILLE, mettant la main sur le câble.
Ils demandent quel est le cours du cinq à New-York.

PREMIÈRE CREVETTE.

Ah! nous allons savoir le cobrs de la rente avant les Anglais.

LE HARENG.

Que répondent les Américains?

LA TORPILLE.

Ils répondent que Lola Montès vient de se remarier pour la dixième fois à Philadelphie.

LE MARSOUIN.

Mais ça ne répond pas à la question!

LA TORPILLE.

C'est qu'il y a peut-être une fissure au câble.

DEUXIÈME CREVETTE.

Oh! encore!.. encore!... qu'est-ce qu'on dit?... c'est amusant!..

LA TORPILLE.

Air de MANGEART.

Vous saurez tout dans un instant,
Bien que la distance soit grande.
(Après avoir écouté.)
L'Amérique aux Anglais demande
Des nouvelles du Léviathan.

LE HARENG.

Et que lui répond l'Angleterre?

LA TORPILLE.

L'Angleterre, ayant bien compris,
Répond que les pommes de terre
Cette année ont baissé de prix.

LE MARSOUIN.

Quelle sublime invention!
Eh quoi! d'un monde à l'autre monde,
Se peut-il que ce fil réponde
Aussi bien à la question!

LA TORPILLE.

Au sujet des homœopathes,
New-York demande si vraiment
Ils enfoncent les allopathes...
Et si Paris est mieux portant.

LE POISSON NOIR.

Et l'Angleterre lui répond?

LA TORPILLE.

Que, grâce à la guerre de Chine,
Bientôt on fera la cuisine
Dans la porcelaine du Japon.

LE MARSOUIN.

Au diable des sottises pareilles!

LA TORPILLE.

Ne jugez pas si promptement.
D'un siècle, fertile en merveilles,
C'est le prodige le plus grand.
Dans tout ce qu'il veut aujourd'hui,
L'homme triomphe des obstacles,
Dieu, qui ne fait plus de miracles,
Semble se reposer sur lui.
Jadis d'une mer furibonde,
Maîtrisant les flots en courroux,
Christophe a découvert un monde,
Et nous le rapprochons de nous.
Enfin, grâce au génie humain,
Partout se répand la lumière,
Et tous les peuples de la terre
Bientôt se donneront la main.

TOUS.

Enfin grâce au génie humain, etc., etc.

LE MARSOUIN.

Pour une torpille elle s'exprime très-bien. (Musique.)

LE HARENG.

Qu'est-ce que c'est que ça?

LE PHOQUE.

Quel est ce bruit?

LA TORPILLE.

Ciel! la cloche à plonger!

TOUS.

Sauvons-nous! (Ils sortent vivement.)

SCÈNE VII.

(On voit descendre une cloche à plonger. — Arrivée en scène, elle s'ouvre; un homme en sort avec une petite échelle, un pot à colle et un sac plein d'affiches; il va mettre l'échelle contre le banc d'huîtres; il y monte et colle sur le banc d'huîtres une affiche du Punch Grassot. — Changement à vue.)

TROISIÈME TABLEAU.

A Bade.

SCÈNE PREMIÈRE.

DORNEVILLE, JOLIBOIS.

(Tous deux très-élégamment vêtus; petits chapeaux tuyaux de poêle à petits rebords; le lorgnon dans l'œil; ils arrivent l'un de droite, l'autre de gauche, et se rencontrent au milieu du théâtre.)

DORNEVILLE.

Jolibois!

JOLIBOIS.

Dorneville!.. Je ne te reconnaissais pas; quelle élégance!

DORNEVILLE.

Ah! oui, à cause de mon costume; je m'habille aux Variétés, mon cher...

JOLIBOIS.

Au théâtre des Variétés?

DORNEVILLE.

Non, à côté du théâtre, aux galeries Montmartre... Mais toi, comment te trouves-tu à Bade?

JOLIBOIS.

Et où diable veux-tu que l'on soit de juin à septembre?.. Tout Paris est à Bade; on ne vous parle que de Bade, la capitale d'été de l'univers; tous les journaux vous font l'éloge de Bade; toutes les revues, tous les feuilletons, toutes les chroniques vous répètent sur tous les tons : Ah! Bade! ah! Baden-Baden!.. Bade et toujours Bade!.. au point que vous en êtes em...badés!..

Air : du mont Ida.

Tous les chroniqueurs sont à Bade.
A Bade, se rend tel acteur.
On attend le Grand-Turc à Bade,
A Bade on attend mon tailleur.
Bref, assourdi par ce mot Bade,
Dont chacun vient nous harceler,
J'ai fini par me rendre à Bade,
Pour n'en plus entendre parler.

DORNEVILLE.

Oui, bien.

JOLIBOIS.

J'ai voulu te voir avant de partir, tu avais déménagé.

DORNEVILLE.

C'est vrai... Tiens, voici ma nouvelle adresse.

JOLIBOIS, lisant.

D'Orneville!.. Oh! mon Dieu!..

DORNEVILLE.

Quoi donc?

JOLIBOIS.

Tu es noble, à présent!

DORNEVILLE, embarrassé.

Noble?..

JOLIBOIS.

Dame, autrefois, Dorneville ne faisait qu'un seul mot... maintenant tu as une apostrophe, et tu mets un grand O à Orneville?..

DORNEVILLE.

Oui, cela fait mieux... c'est plus agréable à l'œil!.. et puis à Bade...

JOLIBOIS.

Oui, à la campagne, cela est bien porté... Ah! ah! ah! (il le lorgne en riant, et aperçoit un ruban à sa boutonnière.) Ah çà! mais, en voilà bien d'une autre.

DORNEVILLE.

Ah! ce ruban?..

JOLIBOIS.

Je ne le te combattais pas... c'est une faveur que tu t'es ac-
cordée... Quelle décoration étrange!

DORNEVILLE.

C'est une décoration étrangère... l'ordre du Castor de Kam-
chatka.

JOLIBOIS.

Et, pour l'obtenir, il faut avoir fait quelque belle action, sans
doute?

DORNEVILLE.

Pas précisément... mais il faut avoir donné cent écus.

JOLIBOIS.

Ah! ça s'achète?

DORNEVILLE.

Parfaitement, il y a un tarif... pour la croix de troisième
classe, trois cents francs... pour celle de deuxième classe,
cinq cents francs... mais celle de première classe se paye le
double; il est vrai qu'elle se porte en sautoir. Si tu veux, je
t'indiquerai le marchand?

JOLIBOIS.

Ce doit être un artiste décorateur?

DORNEVILLE.

C'est un garçon très-bien placé, disposant de douze ou quinze
brevets de différents ordres.

JOLIBOIS.

C'est donc un commis voyageur en croix étrangères?

DORNEVILLE.

Il voyage pour les croix et le vin de Champagne.

SCÈNE II.

**Les mêmes, LA MARQUISE DE SAINTE-ALDEGONDE, LE
PRINCE BARAGUINN.**

BARAGUINN, à elle.

Ne craignez pas de vous appuyer sur mon bras, madame la
marquise.

JOLIBOIS.

Une marquise!...

DORNEVILLE, regardant à droite.

Et le prince Baraguinn, un Russe charmant!

JOLIBOIS, à part.

Un prince!... Diable! vous voilà en bonne société!

LA MARQUISE, saluant avec Baraguinn.

En vérité, cher prince, je suis rendue...

DORNEVILLE, saluant.

Prince...

BARAGUINN, de même.

Ah! bonjour, mon cher.

LA MARQUISE, qui s'est assise sur une chaise de jardin que le prince est
allé chercher.

Ces ruines du vieux château sont charmantes, mais fati-
gantes à visiter... Et puis, c'est très-loin.

BARAGUINN.

Pas assez loin, belle marquise, pas assez loin puisque nous
voilà donc déjà de retour.

DORNEVILLE.

Vous arrivez du vieux château?

LA MARQUISE.

Oui, baron.

JOLIBOIS, bas à Dorneville.

Baron à présent?

DORNEVILLE, bas à Jolibois.

J'ai voulu te voir étonné...

JOLIBOIS, bas.

Ah! délicieux! charmade!

DORNEVILLE, bas.

Comment, tu es baron?

DORNEVILLE, bas.

Tais-toi donc.

BARAGUINN.

Voyez un peu, belle dame, comme on a bien raison de croire
aux présages... Marcher sur des ruines signifie : réussite, bonheur, et heureuse découverte.

LA MARQUISE, riant.

Alors vous voilà au comble de vos vœux?

BARAGUINN.

Ah! mon Dieu! quel jour est-ce que c'est aujourd'hui?

LA MARQUISE.

Vendredi.

BARAGUINN.

Vendredi?... Si j'avais réfléchi à cela, je ne vous eusse point
accompagnée.

LA MARQUISE.

Seriez-vous superstitieux?

BARAGUINN.

Oh! nous autres, Russes, nous le sommes de naissance; et,
tenez, ce matin, à déjeuner, mon voisin m'a présenté la sa-

lière sans me sourire, et c'est une chose qui porte générale-
ment malheur...

DORNEVILLE.

Comment, prince?...

BARAGUINN.

Oui, en Russie, on ne présente jamais le sel à table sans
avoir le sourire sur les lèvres. Donc nous respectons et nous
partageons toutes les croyances populaires, et il n'y a point
dans tout l'empire russe un seul homme qui oserait faire partie
de la société des Treize.

LA MARQUISE.

La société des Treize?

JOLIBOIS.

Qu'est-ce donc que cette société-là?

BARAGUINN.

Comment! vous l'ignorez?... Vous n'avez jamais entendu
parler de cette association, audacieuse vraiment, dont les membres ne se réunissent jamais qu'au nombre de treize, n'entre-
prennent rien que le vendredi, ne logent qu'au numéro treize,
ne dînent jamais sans être treize à table, et ne manquent jamais de renverser le sel devant eux et de faire tourner
leur chaise avant de s'asseoir!... Une société, enfin, dont les
membres doivent loucher plus ou moins, et qui n'ont pour amis
intimes que des Yettators.

DORNEVILLE.

Voilà une société bien hardie!

SCÈNE III.

Les mêmes, LA BARONNE DE VALBELLE, LE CHEVALIER.

LA BARONNE.

Mon cher chevalier, vous avez une habitude déplorable...

LE CHEVALIER.

Quelle habitude, baronne?

LA BARONNE.

C'est de marcher sur la queue de ma robe... chevalier...

LE CHEVALIER.

Oh! pardon, pardon...

JOLIBOIS, à part.

Une baronne! un chevalier!... Ah ça! il n'y a donc que moi
de vilain ici?...

LA MARQUISE.

Eh quoi! baronne, déjà en toilette?

LA BARONNE.

Nous venons de l'assaut du célèbre Grisier... Il a eu un succès fou... Comment, baron, vous n'étiez pas là? Vous n'êtes
donc pas un homme d'épée?

DORNEVILLE, galamment.

Je suis homme de robe, Madame.

LE CHEVALIER ET BARAGUINN.

Ah! très-joli! très-joli!

LA MARQUISE.

En parlant de robe, la vôtre est délicieuse...

LA BARONNE.

C'est une mode nouvelle, la robe comète...

BARAGUINN, riant.

On s'en aperçoit à sa queue...

LA BARONNE.

Ah! c'est vous, prince; vous avez beaucoup perdu hier
soir?

BARAGUINN.

Mais non, pas trop... tout ce que j'avais sur moi, six ou
huit cents roubles... J'ai voulu jouer deux mille paysans, on a
refusé mon enjeu...

JOLIBOIS.

Le fait est que deux mille paysans sur le tapis vert...

LA BARONNE.

Cela aurait pu faire fuir les autres joueurs...

BARAGUINN.

C'est une fantaisie que, nous autres, seigneurs russes, nous
ne pourrons bientôt plus nous passer...

Air de l'Écu de six francs.

Si j'en crois la mythologie,
Un jour, surprise sans jupon,
Dans un excès de pruderie,
Diane en cerf, assura-t-on,
Changea le chasseur Actéon.
On voit, dans le siècle où nous sommes,
Des miracles qui valent mieux;
Car notre czar, plus généreux,
Vient de changer les serfs en hommes.
Oui, notre czar, plus généreux,
Vient de changer les serfs en hommes.

UN DOMESTIQUE, traversant, avec des journaux à la main.

Voici les journaux qui arrivent de France, Messieurs.

JOLIBOIS, prenant le journal : Donnez-la ; j'en prends un aussi.
Donnez.

LE CHEVALIER.
Vous nous direz s'il y a du nouveau à Paris?

LA MARQUISE.
Ces pauvres théâtres doivent être l'image du désert !

LA BARONNE.
Pourquoi n'y cultive-t-on pas les champignons dans la belle saison?

BARAGUIN.
Ce serait une idée !... Voyez-vous les champignons qui commencent de pousser dans les salles elles... de sorte qu'on pourrait jouer à l'Odéon les comédies de Marivaux.

LA BARONNE, riant.
De Marivaux !

LE BARAGUIN, riant aussi.
De Marivaux !

DORNEVILLE.
Croiriez-vous que le Théâtre-Français s'est avisé de reprendre le *Bourgeois gentilhomme?*... Comprend-on qu'on nous parle encore aujourd'hui de bourgeois ayant des visions de noblesse, comme M. Jourdain.

LA MARQUISE.
Il n'y a plus de Jourdains.

LE CHEVALIER.
C'est d'un ridicule achevé.

BARAGUIN.
Qui est-ce qui n'est pas noble aujourd'hui... plus ou moins?..

JOLIBOIS, qui lisait le journal.
Ah! pardieu, voilà qui est curieux !

TOUS.
Qu'est-ce donc?

JOLIBOIS.
La reprise du *Bourgeois gentilhomme* me paraît tout à fait de saison... Je lis dans ce journal : « Seront passibles d'une condamnation à l'amende et à la prison tous ceux qui prendront un faux titre, un faux nom ou porteront des décorations étrangères sans autorisation. »

DORNEVILLE, à part.
Ah! sapristi!.

LA MARQUISE, de même.
Ah! saprelotte!

LE CHEVALIER, de même.
Fichtre de fichtre!

LA BARONNE, de même.
Mazette !

BARAGUIN.
Que vous prend-il?... Qu'as-tu donc, mon cher Dorneville?

DORNEVILLE.
J'ai... j'ai... quelques titres de noblesse ont disparu dans un incendie, et que, pour éviter toute contestation, je supprime l'apostrophe.

JOLIBOIS.
Mais, mon cher baron...

DORNEVILLE, bas.
Je n'ai jamais été baron, je le sais bien.

JOLIBOIS.
Ah! bah! et ta décoration du Castor?

DORNEVILLE, bas.
Je suis refait de trois cents francs.

LA MARQUISE.
Alors, je puis vous avouer que je ne suis marquise qu'à Bade.

LE CHEVALIER.
C'est comme moi, je ne prends un titre que lorsque je vais prendre les eaux.

LA BARONNE.
Puisque tout le monde joue cartes sur table, je vous avoue que je m'appelle Berlinguette de mon petit nom.

TOUS, riant.

BARAGUIN.
Ah! ah! ah! ah!...

La baronne Berlinguette!... il n'y a donc que les Français pour être aussi farceurs!...

JOLIBOIS.
Allons! je me retrouve en famille. Chacun reprend sa place.

Air : *Tous les méchants sont buveurs d'eau.*
Oui, ce journal a bien raison,
Et la loi doit être fécondée.
A-t-on besoin d'un faux blason,
Pour être honoré dans ce monde!
Loin de détails séducteurs,
Reprenons plus le nom des Autres,
Mais, par de nobles actions,
Essayons d'illustrer les nôtres!

On peut donc le fréquenter celui-là. (Il donne la main à Jolibois.)

SCÈNE IV.

LES MÊMES, LA ROUGE et LA NOIRE, suivies et entourées de plusieurs personnes empressées autour d'elles.

CHŒUR.
Air de Duchs.
Fêtons (bis),
Ces beautés séduisantes,
Qu'à Bade nous idolâtrons.
Chantons (bis),
Ces deux femmes charmantes,
Qui font l'orgueil de nos salons.
Fêtons
Ces joli dames!

BARAGUIN, à Jolibois.
Connaissez-vous ces deux dames que tout le monde entoure?

JOLIBOIS.
Oui, prince, elles ne quittent jamais Bade, où l'on ne les nomme que par la couleur de leur costume : la Rouge et la Noire.

BARAGUIN.
Vous me présenterez...

LA ROUGE, lorsqu'il se sera approché des deux.
Non, Messieurs, non; nous ne voulons pas nous nommer.

LA ROUGE.
Qu'il vous suffise de savoir que nous sommes sœurs.

LA NOIRE.
Sœurs jumelles.

LA ROUGE.
Que nous avons beaucoup voyagé.

LA NOIRE.
Qu'autrefois, nous étions bien reçues, bien accueillies partout.

LA ROUGE.
Et qu'après un long séjour à Paris...

LA NOIRE.
Où nous avons eu les succès les plus brillants...

LA ROUGE.
Et de nombreux adorateurs.

LA NOIRE.
Il nous a fallu quitter cette France légère.

LA ROUGE.
C'est alors que nous sommes venues nous fixer en Allemagne...

LA NOIRE.
Nous visitons Bade, Hambourg, Spa...

LA ROUGE.
Nous passons l'hiver à Monaco.

LA NOIRE.
Et nos adorateurs de tous pays nous suivent en tous lieux.

Air des *Deux Maîtresses.*
Oui, sans nous, Bade
Serait maussade;
Mais nous voilà,
Bade s'anime.

LA ROUGE.
Tout va renaître,
Nous ferons naître
Les passions
Et les émotions.

LA NOIRE.
Pour mes galants remplis d'impatience,
Je suis parfois un peu lente à venir,
Et tant rêvez, désirant ma présence,
Sont enchantés quand je veux bien sortir.

LA ROUGE.
Malicieuse,
Capricieuse,
Quand on m'attend, je n'arrive jamais;
Mais qu'on me quitte,
Un peu trop vite,
Pour me venger, à l'instant je parais.

LA NOIRE.
De mes attraits reconnaissant l'empire,
Chaque amoureux m'apporte son trésor,
Je fais payer les amours que j'inspire,
Pour me charmer, il faut me couvrir d'or.

LA ROUGE.
Je suis très-bonne,
Souvent je donne,
Car j'aime tant à faire des heureux!
Mais très-peu sage,
Et très-volage,
Cent fois par jour je change d'amoureux.

LA NOIRE.

Quand nous prenons ainsi l'argent qu'ils sèment
Avons-nous tort? Non, car, en y pensant,
Par intérêt tous ces gens-là nous aiment,
Et leur amour n'est pas intéressant.

LA ROUGE.

Fils de famille attirés dans ce bouge,
Sans écouter ni maman, ni papa,
Suivez la noire, aussi suivez la rouge,
Et la fortune à son tour vous suivra.

(Elles sortent en courant par la gauche.)

TOUS.

REPRISE.

Fils de famille, etc., etc.

(Tous les personnages entrent à gauche; la scène reste vide.)

UNE VOIX, dans la coulisse.

Rouge impair et manque. (Tartempion entre par la gauche.)

SCÈNE V.

TARTEMPION; puis UN MONSIEUR.

TARTEMPION, seul.

Sapristi!.. coulé!.. ruiné!.. à sec!.. rien ne va plus! ô Baden
Baden!.. séjour des dupes!.. duché immoral!.. mille tar-
teifles!.. Soyez donc un littérateur distingué, rédacteur en
chef de la Toupie intelligente, un journal qui tire à trente-six
abonnés! vous recevez une invitation mielleuse pour venir
visiter Bade Baden... Très-bien!.. on vous donne le passage
gratuit aller et retour, parfait! Vous arrivez à Baden Bade... La
perspective de la roulette enflamme votre cerveau, vous compa-
raissez devant le tapis vert, et en trois tours de roue, plumé!..
un homme de plume! O Baden Bade! ô Bade Baden!.. (Entre
un monsieur qui se tient un instant à l'écart.) Et ce croupier qui me
souriait en raflant mes florins avec son grand râteau!..
Immoral!.. immoral!.. Ah! quel volume foudroyant je vais
enfanter!.. Bade, tripot doré, embusqué sur la Forêt-Noire!..

LE MONSIEUR, s'approchant.

Pardon, Monsieur, n'ai-je pas l'honneur de parler... à monsieur...

TARTEMPION, sans le regarder.

Tartempion, rédacteur en chef de la Toupie intelligente, un
journal qui tire à trente-six mille abonnés!.. (Continuant son im-
provisation.) Accourez, pigeons de tous pays... pigeons pattus
d'Allemagne, pigeons huppés d'Angleterre, pauvres bizets de la
littérature... apportez votre argent, apportez vos plumes.

LE MONSIEUR.

Vous avez joué ce matin avec une déplorable chance.

TARTEMPION.

Vous êtes bien bon... j'ai vu disparaître jusqu'à mon dernier
monaco... ô Baden Bade!.. antichambre de l'enfer...

LE MONSIEUR.

Et vous perdez beaucoup?

TARTEMPION.

Cinq ou six mille francs, rien que ça.

LE MONSIEUR.

Oh! c'est énorme!.. Entre nous, là, franchement, êtes-vous
bien sûr d'avoir perdu six mille francs?

TARTEMPION.

Mais!.. ais... ais... ais... pourquoi cette question?

LE MONSIEUR.

Je m'adresse à votre loyauté.

TARTEMPION.

Eh bien!.. non, entre nous, je n'ai perdu que six cents
francs...

LE MONSIEUR, tirant de sa poche un agenda.

Ils sont renfermés dans cet agenda; veuillez l'accepter pour
prix du volume que vous écrirez sur Bade.. je retiens le premier exemplaire.

TARTEMPION.

Mais je ne sais si je dois!.. Qui êtes-vous, Monsieur?

LE MONSIEUR.

Qui je suis?.. Le libraire de l'établissement.

TARTEMPION, prenant l'agenda.

C'est différent, j'accepte. Bade!.. ville hospitalière!.. séjour
enchanteur!.. rendez-vous de la fashion!.. Monsieur, vous êtes
grand, vous êtes magnifique comme Louis XIV!.. comptez sur
moi... Mais, pardon... la chance a pu tourner, je rentre dans
le temple de Plutus... (Il sort en écrasant par la gauche.) — Le monsieur le suit en souriant. — L'orchestre joue la sicilienne de Robert le
Diable. — Changement à vue.

QUATRIÈME TABLEAU.

La Chine ouverte.

Une place de Canton.

SCÈNE PREMIÈRE.

KINKIN, NANKINETTE, PÉKINA, KIRIKI, CHINOIS et CHI-
NOISES, avec des ombrelles.

(Les Chinois entrent en marquant la mesure du chœur avec leurs têtes. Ils se
placent les uns à droite, les autres à gauche, en continuant le mouvement
de la tête pendant que le corps reste immobile. Nankinette est sur un palanquin qui est déposé au milieu de la scène.)

CHŒUR.

Air du Page de madame de Marlborough.

Tin, tin, tin,
Nankinette,
La clochette,
Tin, tin, tin,
Annonce ton doux hymen!
Tin, tin, tin,
Quelle fête,
Gentillette,
Tin, tin, tin, tin, tin, tin,
Pour la fille de Kinkin!

KINKIN.

Au bonheur je m'abandonne!
Dans quelle ivresse je vuis,
Lorsqu'à ma fille je donne
Un magot de ce pays.
Au son de la clochette,
S'avance Nankinette
Sur son beau palanquin.
Qu'elle est belle, ma fille!

PÉKINA, à part.

Elle est aussi gentille,
Que son père est vilain!

KINKIN.

Répétez ce refrain.

CHŒUR.

Tin, tin, tin,
Nankinette, etc., etc.

NANKINETTE, sortant du palanquin.

Koukouli est-il arrivé?..

TOUS.

Non!..

NANKINETTE.

Eh bien! alors, où me conduisez-vous?.. pour me marier,
j'ai besoin de mon mari!..

KINKIN.

Ton observation est spécieuse... où est donc mon chinois de
gendre.

KIRIKI.

Je crois qu'il est allé se baigner.

KINKIN.

C'est invraisemblable; nous avons suivi les bords du Tchou-
Kiang, nous sommes passés devant les bains Chinois, et il n'y
avait pas plus de Koukouli que sur mon nez.

PÉKINA.

Mais vous savez bien que, par ordre du grand yez, notre gou-
verneur, tous les gens mariés doivent se baigner dans le fleuve
Jaune...

KINKIN.

Et tu crois que je vais aller visiter toutes les écoles de nata-
tion du fleuve Jaune?.. j'aimerais mieux monter les quatre-
vingt-douze étages de la tour de Porcelaine.

NANKINETTE.

D'ailleurs, Koukouli, n'étant pas encore mon mari, n'a aucun droit au fleuve Jaune; dans quelques jours je ne dis pas.

KINKIN.

Cette observation est aussi judicieuse que la première. Déci-
dément, Nankinette, les paroles qui tombent de ta bouche sont
des fragments de jade et de perle...

NANKINETTE.

Ah! tenez, papa, je suis outrée; je suis agacée... et si Koukouli arrivait en ce moment... je lui ferais sentir la longueur
de mes ongles.

KINKIN.

Voyons, calme-toi.

NANKINETTE.

Quand on nous attend à la pagode... quand j'apporte en dot
cinquante potiches, quarante tam-tams, deux cents lanternes
et du nankin à discrétion... être obligée d'attendre un Koukouli, un simple timbalier, un Tartare que j'élève jusqu'à moi...
ah! j'en pleurerais de colère.

KINKIN.

Tu es trop vive... Peut-être avait-il une rage de dents,

NANKINETTE, avec dépit.

Ou plutôt Monsieur se sera arrêté chez Toki-Trou, pour fumer une pipe d'opium... Ah! s'il s'avise de fumer de l'opium, il y aura de la brouille dans le ménage...

Air nouveau de M. MANGEANT.

Koukouli (à fois.)
Malheur au mari
Qui sommeille!
Koukouli, (bis.)
La faute est sans pareille
De la part d'un mari.

Je veux plus de galanterie!
Mon mari doit se dégourdir;
Car enfin si je me marie,
Ce n'est pas pour le voir dormir...
Et, s'il s'endort, je certifie
Qu'avant peu l'on dira de lui :
Koukouli, (4 fois.)
Malheur au mari
Qui sommeille! etc.

Koukouli!.. quel nom bizarre!
Certe, en Chine, il n'est pas rare;
Mais plus d'un peuple barbare
S'en empare
Aujourd'hui.
D'un nom, voyez l'influence:
On m'a dit en confidence
Que plus d'un époux, en France,
Maintenant s'appelle aussi
Koukouli! (4 fois.)
Nommons tout mari
Qui sommeille
Koukouli! (bis.)   (bis en chœur.)
La faute est sans pareille
De la part d'un mari!
Koukouli!

KINKIN.

Je comprends tes craintes... mais souviens-toi qu'on a surnommé ton futur Di-Léri; ce qui veut dire : Gaieté de l'œil!.. tu n'as donc rien à craindre de ce côté-là.

NANKINETTE.

Mais pourtant nous ne pouvons pas l'attendre jusqu'à demain!...

KIRIKI, qui regarde au fond.

Ah! le voilà!... voilà Koukouli!...

KINKIN.

Par Bouddha, ce n'est point malheureux!...

SCÈNE II.

LES MÊMES, KOUKOULI.

KOUKOULI, essoufflé.

Me voici!... me voilà !... ce n'est pas ma faute... Nankinette... ma chère Nankinette.

NANKINETTE.

Qu'y a-t-il, voyons?...

KOUKOULI.

C'est le grand chef tartare qui s'oppose à notre mariage.

NANKINETTE.

Il s'oppose!...

TOUS.

Ah!...

KOUKOULI.

Oh! ne vous effrayez pas, car c'est sous un prétexte bien comique, allez!...

KINKIN.

Si c'est comique, ça va nous amuser.

KOUKOULI, riant.

Ah! oui, c'est une fière farce!... Imaginez-vous que nous allons être attaqués par les Barbares !...

TOUS, riant à gorge déployée.

Ah! bah! ah! ah! ah! ah! ah!...

KOUKOULI.

Oui, vous savez qu'ils sont venus depuis quelques jours s'installer, sur leurs coquilles de noix, en face de la ville...

TOUS.

Oui.

KOUKOULI.

Eh bien! ils ont la prétention de prendre Canton.

KINKIN.

Prendre Canton!... la ville du Milieu !...

TOUS, riant comme ci-dessus.

Ah! ah! ah! ah! ah! ah!...

KOUKOULI.

N'est-ce pas que c'est amusant?

Air :

Ah! si l'on attaque Canton,
Tous les Chinois de ce canton
Se trouveront armés quand on,
Quand on
Attaquera Canton.
Ces Barbares à l'air glouton
Sont de planton
Sur leur ponton...

KINKIN.

Ils sont armés jusqu'au menton
D'un grand sabre et d'un mousqueton..

KOUKOULI.

Mais chacun d'eux, assuré-t-on,
Est doux comme un petit mouton.

KINKIN.

Tous leurs fusils sont en carton
Et chargés de poudre-coton.

KOUKOULI.

Il suffirait d'un avorton,
Armé seulement d'un bâton...

KINKIN.

Pour les faire changer de ton
Et les envoyer chez Pluton.

KOUKOULI.

Enfin, s'ils attaquent Canton,...

KINKIN.

Tous les Chinois de ce canton...

KOUKOULI.

Se trouveront armés quand on...

KINKIN.

Quand on
Attaquera Canton!

TOUS, reprenant.

Oui, si l'on attaque Canton... etc.

NANKINETTE.

Moi, je ne trouve pas ça drôle du tout... un jour de retard, quand on s'était préparé à se marier!... Si nous allions implorer le chef tartare?...

KOUKOULI.

Ce serait peine perdue... il a un cœur de bonze!... Mais il ne veut pas attrister la ville... au contraire... il m'a dit : Je le défends de te marier, mais je t'ordonne d'être très-gai. Riez, chantez, dansez sur la place publique, pour narguer les Barbares!...

KINKIN.

Bah! ce sera la fête des fiançailles. Je veux qu'on nous serve des omelettes de vers à soie, des côtelettes de levrettes, trois cents variétés de confitures et des beignets de nids d'hirondelle!...

NANKINETTE.

Allons, chantons et dansons, puisque nous ne pouvons pas faire autre chose.

TOUS.

C'est ça, chantons !... sautons!...

CHŒUR.

Air :

Ah! que nous sommes joyeux!
Que nous nous trouvons heureux!
Rions, si cela se peut...
Le chef tartare le veut.

(Ici mouvements de tête qui les font ressembler tous à des poussahs.)

Ah! ah! ah! ah! ah! ah! ah !..
Ah! par cette gaité-là,
Oui, soyons tous subjugués
Et, sans être fatigués,
Gais!

(A ce moment on entend un coup de canon au lointain.)

TOUS, s'interrompant.

Hein?...

KOUKOULI.

Ce sont les Barbares qui commencent.

KINKIN.

Sont-ils assez drôles!...

TOUS, riant aux éclats.

Ah! ah! ah! ah! ah! ah!...

KINKIN.

Kiriki... qu'on aille chercher l'étendard numéro un!... (Kiriki sort.)

Suite de l'air.

Les Barbares fuiront bien vite
Quand ils verront notre étendard.

(Kiriki apporte un étendard sur lequel est peint un monstre.)

KINKIN.
Le voilà !

KOUKOULI.
Grand Dieu ! quel regard !

NANKINETTE.
En le voyant, mon cœur palpite.

KINKIN.
Les Barbares, avec horreur,
Vont tous fuir devant nos emblèmes.

KOUKOULI.
Comment n'en auraient-ils pas peur,
Lorsqu'ils nous effrayent nous-mêmes.
(Kinkin sort.)

REPRISE DU CHŒUR.

Ah ! que nous sommes joyeux ! etc.

(A la fin du chœur trois coups de gong très rapprochés se font entendre ;
puis le gong ne cesse de jouer.)

KINKIN, parlé.

Encore !...

DEUXIÈME COUPLET.
Par Bouddha !... c'est trop d'insolence !
(A un Chinois.)
Vite, va chercher, je le veux,
Notre étendard numéro deux !
(Le Chinois sort vite et rapporte le deuxième étendard.)

KOUKOULI.
Ah ! pour eux je tremble d'avance !
Malgré leurs soldats courageux,
Malgré leur vaillante marine,
Quand ils verront ce monstre affreux,
Ils vont lever l'encre de Chine !

REPRISE DU CHŒUR.

Ah ! que nous sommes joyeux ! etc., etc.

(A la fin du chœur, une grande pétarade se fait entendre, et tout aussitôt la
scène se trouve couverte de marins français et anglais.)

SCÈNE III.

LES MÊMES, LE PARISIEN, MARINS FRANÇAIS et ANGLAIS.

LE PARISIEN.
Pardon, excuse, ne vous dérangez pas... c'est nous ! Gordon,
s'il vous plaît ? (Il aperçoit Kinkin, qui fait une grimace horrible et
semble couper en trois.)

KINKIN.
Les Barbares ! ! !

LE PARISIEN, le regardant avec admiration.
Oh ! mais, que vous êtes donc joli ! ! Eh ! là ! y a un soi-
gné pour mettre dessus mon étagère... des que j'en aurai une.
As-tu déjeuné, magot ?

UN MATELOT ANGLAIS, devant Nankinette.
Oh ! la jolie miss chinoise !

LE PARISIEN.
Bon ! voilà l'English qui fait le troubadour !... (Lui donnant une
poussée.) Farceur d'English, va !

L'ANGLAIS, montrant Nankinette qui rit.
Oh ! la petite Chinoise rit !

KOUKOULI, se mettant entre Nankinette et l'Anglais.
C'est Nankinette, ma future, et voilà Kinkin, mon beau-père.

LE PARISIEN.
Kin, Kin, Kin !

KOUKOULI, montrant Pékina.
Et ma petite cousine Pékina.

LE PARISIEN, enlaçant aussitôt Pékina.
Je la demande en mariage, afin de cimenter notre alliance.
(Il l'embrasse.) Voilà ma carte !... Chinois et Chinoises, poussahs
et poussathes, magots et magotes, habitants de Canton, vous
n'êtes que des pékins ; mais, rassurez-vous... nous ne venons
sur vos côtes ni pour casser votre porcelaine, ni pour enfoncer
vos paravents. Nous adorons les Chinois ! Si la mère Moreau
était là, elle vous dirait que, chez nous, les chinois ont accès
dans tous les palais, et qu'ils sont très-goûtés dans Paris et
dans la banlieue. Nous aurons donc pour vous les égards qu'on
doit à un grand peuple qui met sa gloire à faire des éventails
et qui mange avec des petits bâtons.

TOUS LES MATELOTS.
Bravo ! bravo !

KINKIN, avec ravissement.
Mais ils sont charmants ! mais ils me font ! qu'on apporte
des confitures, des pipes et du thé de première qualité !

LE PARISIEN.
Trop de bonté !... non, merci... faites-nous servir tout uni-
ment des crêpes !... j'ai entendu parler des crêpes de Chine...
je veux en manger... et c'est nous qui fournissons le liquide !...

En avant les bouteilles de champagne !... (Les matelots distribuent
à tout le monde des bouteilles et des verres.)

Air : Ronde du Punch Grassot.
Le beau temps vient après l'orage !
Allons, Chinois, n'ayez plus peur,
Car, pour vous donner du courage,
Nous vous offrons de c'te liqueur.
Allons, buvez donc !

LES CHINOIS.
Non, non !

LE PARISIEN.
Buvez, on s'eng...

LES CHINOIS.
Non, non !

LE PARISIEN.
Ah ! buvez, buvez, nom d'un nom !

LES CHINOIS, effrayés.
Hein ! hein ! hein !

LE PARISIEN.
Tin, tin, tin,
La Chine est gaillarde...
Tin, tin, tin,
La Chine est pocharde !...
Tin, tin, tin, tin, tin, tin,
Criez avec nous : Vive ce vin divin !
Tin !

CHŒUR.
Tin, tin, tin, etc.

DEUXIÈME COUPLET.
LE PARISIEN.
C'est une liqueur sans pareille,
Et qui vaut mieux que le caboh...
l'apporte la paix en bouteille,
Elle est au fond de ce flacon.
Pensez-vous ainsi ?

LES CHINOIS.
Oui, oui !

LE PARISIEN.
Encor celui-ci !

LES CHINOIS.
Oui, oui !

LE PARISIEN.
Jusqu'à demain buvons ainsi !

LES CHINOIS, après avoir bu.
Hein ! hein ! hein !

LE PARISIEN.
Tin, tin, tin, etc.

CHŒUR.
Tin, tin, tin, etc.

TROISIÈME COUPLET.
LE PARISIEN.
Enfin voici la Chine ouverte !
Braves Chinois de ce pays,
Buvez cette liqueur offerte,
Par des Chinois de vos amis.
Trouvez-vous ça bon ?

LES CHINOIS.
Boh ! boh !

LE PARISIEN.
Des maux c'est l'oubli !

LES CHINOIS.
Oui, oui !

LE PARISIEN.
Jusqu'à demain trinquons ainsi !

LES CHINOIS.
Hein ! hein ! hein !

LE PARISIEN.
Tin, tin, tin, etc.

CHŒUR.
Tin, tin, tin, etc.

KINKIN, à moitié gris.
Ils sont gentils !... et ils saoûlent de la noce !... En avant la
danse !...

TOUS.
En avant la danse ! (Danse chinoise.)

LE PARISIEN, interrompant le pas.
Qu'est-ce que c'est que ça ?... Je vais vous montrer comment
ça se joue à Pantin !... Allons, enfants ! (Danse des matelots et des
Chinoises.) Cavalier seul !... le pas du Roulis !... (Ça danse continue.
Vers la fin du pas, la nuit est venue ; les jonques et les monuments se sont
pavoisés de lanternes. La musique continue. Chinois et matelots forment la
lanterne.) Ah ! ça, mais, est-ce une erreur !... ou est-ce l'effet du
vin de Champagne ?... Je vois trente-six mille lanternes !...

KINKIN, animé par la boisson.

Mon ami !... par tu es mon ami !...

LE PARISIEN.

Ça va !... tutoyons-nous, ma vieille !... Zidore, dit le Parisien !...

KINKIN.

Mon ami... la lanterne est l'image du bonheur ! ma fille se marie, et nos amis viennent la chercher.

LE PARISIEN.

Avec des lanternes... l'amour... c'est votre flambeau de l'hymen...

KINKIN.

Qu'on fasse avancer le palanquin de Nankinette.

NANKINETTE, à Kinkin.

Enfin !...

LE PARISIEN, emportant de Nankinette.

Et qu'on va reconduire la petite mère, jusqu'à l'asile du bonheur !... En avant, vous autres, formons le cortège et dansons le pas des lanternes... et ça sans lanterner ! (La danse recommence et finit par un tableau général où danseurs et danseuses ont chacun une lanterne à la main. — Tableau.)

ACTE DEUXIÈME.

CINQUIÈME TABLEAU.

Le village des Melons.

Ce sont des melons qui sont les maisons de ce village. — Sur un melon, à gauche, on lit : 1 MELON A LOUER.

SCÈNE PREMIÈRE.

M. GOGO, M. COCODÈS, venant de la droite.

GOGO.

Par ici, monsieur Cocodès.

COCODÈS.

En vérité, c'est délicieux ! Cette plaine des cucurbitacées est ravissante !

GOGO.

Vous voici arrivés au village des Melons.

COCODÈS.

Charmant ! charmant ! charmant !...

GOGO.

Vous voyez le parti que j'ai su tirer de cette couche. Le village domine cette côte, surplombée la côte des Melons.

COCODÈS.

C'est splendide !... Mais comment cette idée vous est-elle venue ?

GOGO.

Tout naturellement... La végétation excessive de cette année m'a inspiré l'idée de venir en aide aux locataires. On avait essayé déjà de leur construire des chalets... mais pour cela il fallait des capitaux ; tandis qu'avec mon simple pépin, je fais pousser une maison.

Air : Un homme pour faire un tableau.

J'ai fondé cette colonie,
Où Paris peut se mettre au vert,
Et loger par économie,
Et si sa champêtre manon,
D'habitants ne se peuplait guères,
Avec de la graine de melon,
Je l'irais pousser des locataires.

COCODÈS.

Et combien louez-vous vos maisons... c'est-à-dire vos melons ?

GOGO.

Cela dépend. Dans le beau quartier, ici, rue de la Citrouille, c'est plus cher que dans le faubourg des Concombres. Enfin vous avez un melon entier, un melon de famille pour cent écus, et les célibataires sont libres de ne louer qu'une tranche de melon.

COCODÈS.

Est-ce que ça n'est pas un peu humide ?

GOGO.

Humide ?... Vous ignorez donc que, grâce au progrès de la chimie, je suis parvenu à durcir la chair du melon à l'égal du moellon.

COCODÈS.

Comme le caout-chouc !... c'est merveilleux !

GOGO.

Les artisans se contentent des melons brodés, qui sont les plus communs. Les melons d'eau sont habités par les marchands de vins et les laitières... Enfin, mon cher monsieur Cocodès, la colonie serait déjà au grand complet s'il ne fallait pas, pour y être reçu, remplir certaines conditions...

COCODÈS.

Des conditions !

GOGO.

Oui, indispensables... comme de n'avoir jamais rien écrit, ni jamais rien inventé de sa vie. Tout homme ayant la moindre prétention à l'esprit est impitoyablement exclu de cette colonie.

COCODÈS.

Ah ! ah ! je me demande si je suis bien dans les conditions de votre programme.

GOGO.

Je crois qu'oui.

SCÈNE II.

LES MÊMES, M. GOBETOUT.

GOBETOUT, entrant par la droite.
Monsieur Gogo, s'il vous plaît ?

GOGO.

C'est moi, Monsieur.

GOBETOUT.

Ah ! je respire !... Monsieur, vous pouvez me sauver...

GOGO.

En vérité ?... Et que faut-il pour cela ?

GOBETOUT.

Me donner un asile dans votre nouveau village.

GOGO.

Permettez, Monsieur, nous ne recevons ici que les esprits confiants, simples, crédules et honnêtes... nous repoussons les esprits forts...

GOBETOUT.

Monsieur, je n'ai pas d'esprit du tout... Je m'appelle Gobetout, vous vous appelez Gogo, nous sommes faits pour nous comprendre...

GOGO.

Touchez là... (Il lui serre la main.) Et maintenant, expliquez-vous.

GOBETOUT.

Messieurs, vous n'êtes pas sans avoir entendu parler d'un navire qui, en 1835, amenait au Jardin des Plantes une famille de crocodiles en bas âge ?

GOGO.

J'en ai ouï parler.

GOBETOUT.

Un crocodile femelle, qui se trouvait dans une position intéressante, mit au monde, pendant la traversée du Havre à Paris, un petit amphibie de son espèce, qui tomba dans la Seine par un des sabords du navire.

GOGO.

Eh bien, Monsieur ?

GOBETOUT.

J'ai le malheur de demeurer entre Asnières et Saint-Ouen, Messieurs... et cette année, le petit crocodile, dont on n'avait pas entendu parler depuis 1835, et qui est devenu très-gros, a reparu dans nos eaux.

GOGO ET COCODÈS.

Est-ce possible ?

GOBETOUT.

Il paraît que le scélérat, après s'être nourri de poisson pendant vingt-trois ans, veut aujourd'hui changer de nourriture, et manger du canotier.

GOGO.

Du canotier ?

GOBETOUT.

Oui, Monsieur, il en a déjà croqué un !

Air de Calvin.

Personne n'a vu ce carosse,
Mais le lendemain, sur le rivage,
Où l'canotier ne parut pas,
L'on n'a retrouvé que ses bas,

GOGO ET COCODÈS.

Hélas ! hélas ! trois fois hélas !

GOBETOUT.

Ça n'peut être que l'crocodile,
Car nos poissons, bers de famille,
Et qu'à l'instint l'on a'vu,
Rougiraient de s'conduire comm' ça. (bis.)

GOGO.

Monsieur Gobetout, vous avez tous les droits requis pour trouver un asile dans le village des Melons... Vous serez des nôtres.

GOBETOUT.

Ah! Monsieur, que de reconnaissance!

SCÈNE III.

LES MÊMES, CRÉTINET.

CRÉTINET, entrant par la droite.

Air connu.

Ah! grand Dieu, que je l'ai échappé belle!
À l'aide! au secours! j'éprouve une frayeur mortelle!
Et pour fuir une haine cruelle,
Je m'suis dit : filons
Vers le village des Melons!

GOGO.

Air : *Bonjour mon ami Vincent.*

Avant de vous recevoir
Ici comme locataire,
Nous voulons d'abord savoir
Quel est votre caractère?

CRÉTINET.

J'ai pris des actions d' la pêche aux harengs,
Quand elles valaient quatorze cents francs;
J'ai pris des actions de carton-pierre,
Qui ne valaient plus rien du tout :
Bref, j'ai pris de tout,
Mêm' du caout-chouc.

GOGO (*dégagé*)

Alors, c'est conv'nu,
Vous êtes reçu

RÉCITATIF.

Maintenant, dites-nous quel est cet affreux drame,
Qui tout à l'heure ici, semblait glacer votre âme.

CRÉTINET.

Air du Roi d'Yvetot.

Ah! si tout à l'heure, à grands cris,
J'appelais à mon aide,
C'est que je demeure à Paris,
Dans la ru' d'Lacépède,
Et que ma femme, en se prom'nant,
Dans mon jardin vit un serpent
Rampant!

GOGO ET LES AUTRES.

Oh! oh! oh! oh! Ah! ah! ah! ah!
Quel était donc ce serpent-là,
La, la!

CRÉTINET.

Ce serpent avait, un matin,
Sans traces apparentes,
Pour les plantes de mon jardin,
Quitté l' Jardin des Plantes,
Ma femme dit qu'il est glouton,
Et qu'il a trois mètr's environ
De long.

GOGO ET LES AUTRES.

Oh! oh! oh! oh! Ah! ah! ah! ah!
Quel fameux serpent ça fait là,
La, la!

TROISIÈME COUPLET.

CRÉTINET.

Depuis je reste constamment
Enfermé dans ma cave,
Mais pour voir encor le serpent,
Mon épouse plus brave,
Descend le soir dans le jardin,
Mais avec son petit cousin,
Justin!

GOGO ET LES AUTRES.

Oh! oh! oh! oh! Ah! ah! ah! ah!
Défiez-vous de ce serpent-là,
La, la!

Air : *Silence, silence, silence.*

Entrez dans ce village,
Grâce à votre courage,
Grâce à votre esprit modéré,
Vous y serez considéré.

Votre nom?

CRÉTINET.

Crétinet.

GOGO, *d'un air aimable.*

Crrrrétinet! Ce nom est une nouvelle recommandation.

SCÈNE IV.

LES MÊMES, M. JOBARD, MADAME JOBARD, LE PETIT JOBARD. Ils entrent de la droite.

JOBARD.

Arrive donc, ma femme, arrive donc!

GOGO.

Eh! mais, si je ne me trompe, c'est monsieur et madame Jobard.

JOBARD.

Mon Dieu, oui, toute la famille Jobard! Nous avons donné congé à Paris et nous venons habiter votre villa des Melons.

GOGO.

Très-bien! très-bien!

MADAME JOBARD.

Et ce n'est pas tout... Nous avons décidé monsieur et madame Coquardeau d'abord, puis monsieur et madame Dindonet à faire comme nous.

GOGO.

Les Coquardeau! les Dindonet! c'est parfait! J'espère que madame Jobard s'est toujours portée comme un petit charme?

JOBARD.

Comment en serait-il autrement, elle se fait soigner par Hippocrate.

GOGO.

Ah bah! je le croyais défunt depuis longtemps.

JOBARD.

C'est vrai, mais... ça n'empêche pas qu'il vient de guérir notre petit Gaëtan d'une coqueluche opiniâtre.

GOGO.

Hippocrate?... Vous m'intéressez vivement. Continuez.

MADAME JOBARD.

C'est bien simple! quand je veux avoir une consultation, je consulte ma table tournante...

GOGO.

Ah! bon! ah! bien!

MADAME JOBARD.

Quand notre petit Jobard a été malade, je me suis assise devant ma table... mon mari en face de moi. Nous avons posé nos mains sur la table, et au bout de deux minutes, sur une feuille de papier blanc, nous avons trouvé une ordonnance écrite de la main même du célèbre Hippocrate, qui revient de l'autre monde chaque fois que nous sommes indisposés.

JOBARD.

J'aime à penser qu'on croit aux tables tournantes dans le village des Melons?

TOUS.

Si nous y croyons!

GOGO.

Aveuglément!

COCODÈS.

Et au magnétisme donc!

CRÉTINET.

Et aux médiums!

GOGO.

À tout! à tout!

MADAME JOBARD.

À la bonne heure! et, tenez, pas plus tard que ce matin, je me suis mise en rapport avec madame de Sévigné, cette fameuse femme de lettres, pour lui demander son avis sur nos projets. Savez-vous ce qu'elle m'a répondu?

TOUS.

Non!

MADAME JOBARD.

Votre place à tous les deux est au pays des Melons!

SCÈNE V.

LES MÊMES, UN DOMESTIQUE, sortant du Melon qui fait face.

LE DOMESTIQUE.

Le journal de monsieur Gogo.

GOGO.

C'est le journal de la localité, *le Cornichon*, un journal fort piquant, ma foi!.. (Le parcourant.) Voyons ce que *le Cornichon* nous confie... (Lisant.) « Nouvelles dramatiques. — Un célèbre comique du théâtre du Palais-Royal voyage en ce moment en Sardaigne, espérant retrouver là sa voix. » — Bains de mer à Paris.

TOUS.

La mer à Paris?

GOGO, lisant.

« Grande nouvelle! Des bains de mer vont être établis sur la frégate école. Six barriques d'eau de mer seront chaque jour expédiées du Havre, et les Parisiens, sans se déranger, pourront se baigner dans l'Océan. »

GOBETOUT.

Six barriques pour baigner tous les Parisiens!

MADAME JOBARD.

Et à combien ces bains?

GOGO.

Chaque bain, dix francs...

Dix francs.

TOUS.

Vous voyez bien que par ce moyen les bains seront salés... suffisamment.

COCODÈS.

Je prendrai des actions...

GOBETOUT.

Moi aussi !...

JOBARD.

Et moi donc !

CRÉTINET.

Nous en prendrons tous.

GOGO, lisant.

« Beauté de la femme. » Ah! ah! madame Jobard, voilà qui vous concerne.

MADAME JOBARD.

Lisez...

GOGO.

« Les femmes, qui désirent ne jamais vieillir et conserver leur fraîcheur, n'ont qu'à prendre deux petits pots à la parfumerie de la Fontaine Jouvence. Le premier petit pot sert jusqu'à quarante ans; arrivée à cet âge, pour rester toujours jeunes, on n'a qu'à changer de pot. »

TOUS.

C'est merveilleux!

GOGO, lisant.

« Grande société du court-bouillon. »

COCODÈS.

Ah! pour celle-là, merci!.. Le court-bouillon, c'est le moyen d'en avaler un...

GOGO, furieux.

Monsieur Cocodès! Vous venez de faire un mot !...

COCODÈS.

Mais...

GOGO.

Point d'échappatoire!.. Vous avez fait un mot... Que ça ne vous arrive plus!...

COCODÈS.

Vous me permettez bien de douter qu'une société qui s'établit pour exploiter le court-bouillon...

GOGO.

Pas d'incrédulité! Vous êtes ici dans le pays des Melons!

Air de J. Nargeot.

Melons, melons, melons!
Cette espèce est féconde;
Tout notre pauvre monde
ⁿ'est qu'une couche de melons.
Melons, melons, ces vieillards qui s'enchaînent
Aux doux attraits de jeunes cotillons;
Melons, melons, ces jeunes gens qui prennent
Pour des appas, de gros et creux ballons,
Melons, melons, melons,
Ceux qui disent : « L'on m'aime,
« L'on m'aime pour moi-même! »
Quand ils ont deux ou trois millions.
Melon celui, qui pour vaincre à la course,
De ses jockeys emprunte l'attrait,
Melons tous ceux, qui vont perdre à la Bourse
L'argent gagné par vingt ans de travail,
Melon, melon, melon,
Je vous le certifie,
Celui qui se marie,
Quand il pourrait rester garçon.
Et ces savants, qui nous troublent la tête
D'une comète absente dans les cieux,
Et qui n'ont pas su prévoir la comète,
Qui, cependant, nous a crevé les yeux.
Melon, melon, melon,
Ce pêcheur à la ligne,
Qui passe, heureux et digne,
Trois heures pour prendre un goujon.
Bref, du melon les espèces sont grandes...
Melon, celui qui croit aux amours longs;
Melon, celui qui croit aux dividendes,
(S'adressant à Cocodès.)
Et melons ceux qui n'y croy'nt pas mêlons.
Melons, melons, melons!
Cette espèce est féconde,
Et notre pauvre monde   (bis en chœur.)
N'est qu'une couche de melons!

VOIX, dans la coulisse, riant.

Ah! ah! ah! ah! ah! ah! ah!

GOGO.

On rit à la cantonade...

COCODÈS, qui est allé voir à droite.

Ah! regardez donc!

GOBETOUT, de même.

Quel singulier personnage!

Air du Mouïck (LINDHEIM.)

Costume enchanteur!

JOBARD.

De fleurs, voyez quel assemblage!

GOGO.

Cet innovateur
A pris le printemps pour tailleur.

SCÈNE VI.

LES MÊMES, LE CHATEAU DES FLEURS. Costume composé de fleurs.

LE CHATEAU DES FLEURS, entrant.

Ah! ah! ah! ah! ah!
Ah! le singulier village!
Ah! ah! ah! ah! ah!
Voyez donc ces maisons-là!

ENSEMBLE.

GOGO ET LES AUTRES.

Ah! ah! ah! ah! ah!
Serait-ce du persiflage...
Ah! ah! ah! ah! ah!
Que nous veut cet garçon-là?

LE CHATEAU DES FLEURS.

Ah! ah! ah! ah!
Ah! le singulier village!
Ah! ah! ah! ah!
Voyez donc ces maisons-là!

LE CHATEAU DES FLEURS.

En bonne saison,
Lorsqu'en ces lieux on emménage,
On peut sans façon
Se nourrir avec sa maison.
Ah! ah! ah! ah! ah!
Ah! le singulier village!
Ah! ah! ah! ah! ah!
Voyez donc ces maisons-là!

REPRISE ENSEMBLE.

GOGO.

Assez de ah! ah! ah! Qui êtes-vous, jeune inconnu?... vous devez vous appeler Lafleur... ou Larose... Seriez-vous Fanfan la Tulipe?

LE CHATEAU DES FLEURS.

Rien de tout cela... Vous n'êtes pas sans avoir entendu parler du Château des Fleurs.

TOUS, ensemble.

Oui.

LE CHATEAU DES FLEURS.

Je suis ce ci-devant...

GOGO.

Ci-devant?

COCODÈS.

Pourquoi ci-devant?

LE CHATEAU DES FLEURS.

Parce qu'on est en train de me démolir.

MADAME JOBARD.

Ah! quel dommage!

LE CHATEAU DES FLEURS.

Vous me plaignez, Paméla... ah! merci!

JOBARD.

Comment? il sait le petit nom de ma femme?

LE CHATEAU DES FLEURS.

Ah! Messieurs, quel triste sort que celui des jardins publics! Pas un seul qui n'échappe à la pioche des démolisseurs! Tivoli est devenu un quartier; le Delta, une impasse; Beaujon, un square; le Jardin d'Hiver, une maison d'été; et le Château des Fleurs va se transformer en une cité princière!

Air : Le beau Lycas aimait Thémire.

En corridors et galeries
Mes jardins seront transformés;
On plantera des écuries
Sur mes parterres embaumés;
Où dansait la nymphe légère,
On placera la cuisinière;
Où brillaient de jeunes rosiers,
Végéteront de vieux rentiers,
Et dans ma terre de bruyère
On fera pousser des portiers.

GOGO.

C'est affligeant; mais que pouvons-nous y faire?

LE CHATEAU DES FLEURS.

Tout! Suivez bien mon raisonnement. Puisqu'en démolit les
jardins pour faire des maisons, rien n'empêche de démolir des
maisons pour faire des jardins... n'est-il pas vrai? Mais pour
cela, il faut de l'argent; pour avoir de l'argent, on met l'affaire
en actions; pour placer les actions, il faut des actionnaires
et c'est dans l'espoir d'en trouver que je suis venu dans le
village des Melons.

GOGO.

Mon chérubin, je suis toujours on ne peut mieux disposé à
prendre des actions pour quoique ce soit... les Gogo sont
connus... Dieu merci... mais, pour un jardin public, ça m'est
impossible...

LE CHATEAU DES FLEURS.

Pourquoi cela?

GOGO.

Parce que ma femme me défend d'y aller...

CRÉTINET.

Oh! diable! Et madame Crétinet donc!..

COCODÈS.

Et madame Cocodès!

GOBETOUT.

Moi, ce n'est pas ma femme qui me retient...

JOBARD.

Ni la mienne... ma Paméla adore ces bals champêtres...

MADAME JOBARD.

Dame... on a le droit de ne pas y mazurker.

GOGO.

Ah! vous voyez bien... une femme qui se respecte ne saurait
y polker.

GOBETOUT.

Tranchons le mot, ce sont des endroits de perdition...

COCODÈS.

Où la morale est sans cesse effarouchée.

CRÉTINET.

Par des danses que je m'abstiens de qualifier...

LE CHATEAU DES FLEURS.

Ah! Messieurs, que vous avez peu de mémoire!

Air nouveau d'Orphée aux enfers.

Monsieur Gogo, quand votre femme
Vous défendait ce jardin-là,
Vous y menez une camélia...
Ah! ah! ah! ah! ah! ah!
On a vu monsieur Gogo
Folichonner dans mon château,
Ah! ah! ah! ah! ah! ah!
On a vu monsieur Gogo
S'en donner à gogo!

TOUS, excepté Gogo.

Ah! ah! ah! ah! ah! ah!
Quoi! l'on vit monsieur Gogo
Folichonner dans son château!
Ah! ah! ah! ah! ah!
Quoi! l'on vit monsieur Gogo
S'en donner à gogo!

LE CHATEAU DES FLEURS, à Crétinet.

Vous, dont la femme est si jalouse,
Qu'elle vous défend mon jardin,
Sachez que cette chaste épouse
Y venait avec son cousin.
Ah! ah! ah! ah! ah!
Je connais de mon jardin
Tous les pauvres Georges-Dandin!
Ah! ah! ah! ah! ah! ah!
Vous étiez de mon jardin
Le vrai Georges-Dandin!

TOUS, excepté Crétinet.

Ah! ah! ah! ah! ah! ah!
Il connaît de son jardin
Tous les pauvres Georges-Dandin!
Ah! ah! ah! ah! ah!
Vous êtes de son jardin
Le vrai Georges-Dandin!

LE CHATEAU DES FLEURS, à Gobetout.

Vous, l'homme chaste, l'homme honnête,
C'est chez moi, moderne Solon,
Qu'en mazurkant avec Frisette,
On vous a mis au violon.
Ah! ah! ah! ah! ah!
Pourquoi prendre un air cafard,
Quand on est un vieux bolachard?
Ah! ah! ah! ah! ah!
Cessez donc, vieux balochard,
De faire le cafard!

TOUS, excepté Gobetout.

Ah! ah! ah! ah! ah! ah!
Pourquoi prendre un air cafard, etc.

LE CHATEAU DES FLEURS, à Cocodès.

Sur vous, oh! je n'ai rien à dire!...
(Le tirant à l'écart.)
Mais, tous les soirs, quand il fait nuit,
L'amour sous un bosquet m'attire.

COCODÈS, subjugué par un regard, bas.

J'irai vous trouver à minuit.

LE CHATEAU DES FLEURS.

Ah! ah! ah! ah! ah! ah!
Voyez donc ces sages-là!...

COCODÈS.

Ah! ah! ah! ah! ah! ah!
Oui, toujours on séduira
Ces moralistes-là!

TOUS, excepté Cocodès.

Ah! ah! ah! ah! ah! ah!
Voyez donc ces sages-là!...

GOGO.

Alors, c'est convenu, je prends dix actions.

J'en prends quinze.

JOBARD.

J'en prends vingt.

COCODÈS.

J'en prends trente...

GOBETOUT.

Moi, Gobetout, je prends tout!

LES AUTRES.

Ah!.. ah!..

LE CHATEAU DES FLEURS.

Soyez tranquilles, je vous garderai le reste... il y en aura
pour tout le monde.

GOGO.

Mais quels sont vos nouveaux éléments de succès?

LE CHATEAU DES FLEURS.

Vous allez voir!... (Criant.) À moi mes Camélias! (Entrée des
Camélias, représentées par de jeunes femmes.) — Danse, à laquelle tous les
hommes finissent par prendre part! — Ils sortent tous en dansant. — Changement à vue.)

SIXIÈME TABLEAU.

Un salon de coiffure. — Croisée au fond. — Toilettes à droite et à
gauche. — Quatre figaros entrent en scène, deux par la droite,
deux par la gauche.

SCÈNE PREMIÈRE.

FIGARO PREMIER, PRESSADOS, deux autres FIGAROS.

FIGARO PREMIER.

Holà, Messieurs!.. passons l'inspection... voyons la tenue..
(Il les passe en revue d'un coup d'œil.) Très-bien!.. parfait!.. vous
voici transformés! Simples perruquiers hier encore, vous êtes
des artistes aujourd'hui, et vous pouvez peigner, friser, coiffer
et raser, sous le patronage de l'illustre Beaumarchais; saluez,
Messieurs! (Les figaros saluent.) Très-bien!... Quel est ce matin
le figaro de planton, pour allumer le chaland à la croisée?

PRESSADOS.

C'est Régalia.

FIGARO PREMIER.

Régalia, à ton poste! (Un figaro va se poster devant la croisée.)

FIGARO PREMIER.

J'autorise la cigarette de maryland; c'est espagnol, ça fait
bien. (Appelant.) Pressados!

PRESSADOS.

Bourgeois?

FIGARO PREMIER, se redressant.

Je ne suis point un bourgeois, maroufle! « Apprends que
j'ai quitté Madrid, mon bagage en sautoir, parcourant les
deux Castilles, la Manche, l'Estramadure, la Sierra-Morena,
l'Andalousie; me moquant des sots, bravant les méchants, riant
de ma misère et faisant la barbe à tout le monde... » Bref, je
suis le fin, le subtil, le spirituel barbier de Séville.... Je suis
Figaro!.. Saluez, faquins!...

PRESSADOS, s'inclinant, ainsi que les autres.

Maître!

FIGARO PREMIER, à Pressados.

À la bonne heure! Et maintenant, prends un peignoir, passe
et repasse devant la croisée, pour faire croire à de nombreux
clients.

PRESSADOS, *apportant un peignoir.*

Je comprends! il s'agit d'allumer le passant.

FIGARO PREMIER, *le lui prenant.*

Tiens, comme ceci... avec élégance... On passe, on repasse...
on a l'air de voltiger d'une toilette à l'autre...

PRESSADOS.

Très-bien! Voilà les badauds qui s'arrêtent et lèvent le nez.

FIGARO PREMIER.

Combien y en a-t-il?

PRESSADOS.

Une trentaine.

FIGARO PREMIER.

Ce n'est pas assez... ça ne va pas... mais la difficulté de
réussir ne fait qu'ajouter à la nécessité d'entreprendre... Qu'on
apporte le mannequin! (*Deux figaros sortent à droite.*) Le public est
timide... il n'ose encore se risquer, parce qu'il ne voit personne
soumis à notre coup de peigne... mais pour l'amorcer, j'ai inventé le client postiche. (*Les figaros rentrent en portant une chaise sur
laquelle est assis un mannequin habillé en bourgeois.*)

PRESSADOS.

Il est parfait.

FIGARO PREMIER, *s'adressant au mannequin.*

Bonjour, Monsieur... Monsieur veut être accommodé?.. que
Monsieur me confie sa tête... Allons, place, place, devant la
fenêtre. (*On place la chaise en vue devant la fenêtre.*) Un peignoir! (*n
lui met un peignoir.*) Une serviette! (*Il lui met une serviette sous le menton.*) Monsieur demande le journal?... Le journal à Monsieur...
(*On lui met un journal dans les mains.*)

PRESSADOS, *qui guette au coin de la fenêtre.*

Ils sont au moins soixante en bas.

FIGARO PREMIER.

De mieux en mieux! (*Se donnant des grâces et faisant semblant de
coiffer le mannequin.*) Passez-moi la pommade... y'lan! y'lan!
y'lan!... Passez-moi la brosse!... parfait! parfait!...

PRESSADOS.

J'entends tourner le bouton de la porte...

FIGARO PREMIER.

Diantre! et le mannequin qui est encore là... Enlevez!.. enlevez!... (*On met le mannequin devant la toilette de droite.*)

SCÈNE II

LES MÊMES, M. GOGO.

GOGO, *entrant de gauche.*

Messieurs, je suis bien votre serviteur.

PRESSADOS.

Donnez-vous la peine de pénétrer dans le sanctuaire.

FIGARO PREMIER, *désignant le mannequin.*

Pressados, donnez le dernier coup de peigne à M. le duc.
(*A Gogo.*) Faut-il faire la barbe à Monsieur? Faut-il tailler la che-
velure à Monsieur? Une frisure à papillottes? Un simple coup
de fer? Un toupet peut-être?...

GOGO.

Vous me paraissez en avoir beaucoup, de toupet, ici... Je suis
venu pour me faire accommoder... mais apparemment, Messieurs,
permettez-moi de satisfaire ma curiosité... ce costume de barbier de Séville?...

FIGARO PREMIER.

Vous indique tout de suite notre profession.

GOGO.

Jusqu'à présent on avait cru pouvoir s'en passer pour faire
la barbe.

FIGARO PREMIER.

C'était un tort.

GOGO.

Quel avantage voyez-vous?...

FIGARO PREMIER.

Comment, Monsieur! mais vous ignorez donc qu'ici, nous
coiffons, rasons, frisons en musique?

GOGO.

En vérité?

FIGARO.

Air de J. Nargeot, M. Pierrard.
Sur un tendre duo,
Je rase piano,
On sur l'allegretto
D'un rondeau,
Sur un adagio,
Je frise presto,
Ou sur un allégro
Crescendo,
Avec un fandango,
Un joyeux boléro,
Je coiffe agitato,
Hem! il saralto...
Bref, en tout lieu l'écho

Fait entendre bravo!
Bravo! bravissimo!

FIGARO.

Toutes les belles adorent
Nos costumes gracieux,
Toutes les femmes implorent
Nos accents mélodieux,
Mais, de toutes les pratiques
Que nous coiffons volontiers,
Les maris dans nos boutiques
Seront coiffés les premiers,
Oui, toujours, toujours les premiers,
Je coiffe un hidalgo
Sur l'air de Bartholo;
Sur l'air de Chérubin,
Un gandin;
Chaque air d'Almaviva,
À tout séducteur va;
L'air de Basile aussi
Sert ici;
Je frise rô Bréda
Sur une cachucha,
Mazurka, fricandô,
Ou polka,
Et plus d'un tendre écho
Fait entendre bravo!
Bravo! bravissimo!

GOGO.

Foi de Gogo, vous m'émerveillez!

FIGARO.

Et maintenant, Monsieur, parlez, faites-vous servir... Voulez-
vous être rasé avec accompagnement de guitare et de castagnettes? Je vous raserai sur tous les tons, sur tous les mouvements, je vous raserai...

GOGO.

Allons! vous êtes un grand raseur, à ce qu'il paraît! Mais
vous étiez en train de coiffer M. le duc quand je suis entré...

FIGARO.

Non, non...

GOGO.

Je vous demande bien pardon... (*S'adressant au mannequin.*)
Monsieur le duc, après vous le journal, s'il vous plaît?

FIGARO.

Je vais vous en faire donner un autre... ne le dérangez pas!..

GOGO, *à Figaro.*

Quelle drôle de tête il a, ce monsieur! (*Pressados qui est en train
de coiffer le mannequin, l'arrange toujours de manière à le séparer de Gogo.*)

FIGARO.

Oui, oui, c'est un hidalgo.

GOGO.

Un hidalgo! d'Espagne! ah! que j'aurais donc de plaisir à
causer avec un hidalgo! je n'en avais jamais vu!

FIGARO.

Il ne parle qu'espagnol, et il est sourd.

GOGO.

Quelle calamité!... infortuné hidalgo!

FIGARO, *le poussant tout à coup dans un fauteuil.*

Donnez-vous donc la peine de vous asseoir.

GOGO, *surpris.*

Hein?... (*Un figaro lui passe un serviette au cou.*) Qu'est-ce?.. (*Un
autre lui met de la mousse au menton, et Figaro brandit son rasoir devant
lui. Avec effroi.*) Sapristi! un instant!.. je demande à faire des
révélations!...

FIGARO.

Qu'est-ce que c'est?

GOGO.

Pas la barbe!... pas la barbe! ça n'est pas mon jour!

FIGARO, *avec autorité.*

Jamais je ne vous laisserai sortir de mes salons avec une
barbe qui ressemble à une brosse de chiendent... je serais
déshonoré!...

GOGO, *avec résignation.*

S'il en est ainsi, faites, Monsieur, l'honneur est une chose
trop précieuse! Allons! profitez de votre mousse!

FIGARO, *prenant son rasoir.*

Attention!... je commence... Pressados, en avant le grand
air du Barbier!

PRESSADOS, *s'accompagnant sur sa guitare.*

Air: *Ah! bravo, Figaro!*

Ah! presto, Figaro
Presto, prestissimo
D'une main sûre
Et sans blessure!

Rasez, rasez monsieur Gogo!
Tra la la la la la la la la la la,
La la la la la la.
(Pendant le chant, Figaro rase en mesure, en faisant suivre à son rasoir tous les mouvements de l'air.—Gogo, épouvanté, après s'être démené, s'écrie :)

GOGO.

Trop vite! trop vite! vous allez m'enlever le nez!... trop vite, sacredié!

FIGARO.

Alors, changeons le rhythme... passons à l'introduction d'*Il Barbiere*... piano, piano...

PRESSADOS, chantant en s'accompagnant.

Tra la la la, tra la la la, tra la laire...
Tra la, tra la... tra la la la, tra la la la,
Tra la la la...

FIGARO, rasant en mesure, d'une manière gracieuse.

Tra la la la, tra la la la.

GOGO.

Oh! que c'est agaçant! oh! que c'est agaçant!

FIGARO.

La hi! la hi! ta ta ti, ta ta ta.
Ti ta ta hi, ta ta hi, ta ta ha!

GOGO.

Assez! assez!

FIGARO.

La barba è fatta! Passons à la testa!

GOGO.

Non! pas de testa! merci! c'est assez! (Il veut se lever.)

FIGARO, le forçant à se rasseoir.

Sortir d'ici coiffé comme un balai de crins!... fi! Monsieur! vous avez l'air d'un chat en colère... Allons... les fers chauds! les fers chauds!...

GOGO, levant les bras en l'air, et d'un ton mélodramatique.

O mon Dieu! protégez-moi!

FIGARO.

Silence! La frisure, avec accompagnement de castagnettes! une, deux, en avant!

GOGO.

Ah! veillez sur ma tête, ô mon Dieu! (Pressados et un autre figaro arrivent avec des fers pour friser Gogo; Figaro et l'autre figaro ont des castagnettes et accompagnent le couplet.)

FIGARO.

Air : *Il est dans la vieille Castille.* (LA VEUVE AUX CAMÉLIAS.)

C'est au doux son des castagnettes
Qu'on fait tourner toutes les têtes,
De Tolède à Madrid
Jusqu'à Valadolid.
Partout, à ce doux bruit,
Le cœur se réjouit.
Tra la la la la, (bis.)
Tra la la la la la la la la, etc.

GOGO.

Oui, c'est gentil une coiffure...
Oui, vous me frisez en mesure...
Mais ça sent le roussi.

FIGARO.

Ne bougez pas ainsi.
Vous aurez, par mes soins,
Bientôt vingt ans de moins.
Tra la la la la la la;
Oui, grâce à Figaro,
Vous serez jeune et beau!
Plus de coiffure prosaïque!...
Désormais il faudra, dit-on,
Se faire coiffer en musique
Quand on voudra donner le ton.

GOGO.

Aïe! je vous dis que ça brûle!... (Ici Figaro et l'autre ont pris des tambours de basque, et ils se mettent à danser autour du fauteuil; en faisant un tapage d'enfer.) Au feu! au feu! laissez-moi! (Il se lève.)

FIGARO.

Mais, Monsieur, c'est par trop fort!

GOGO.

Oui, trop fort!... et je veux en prendre à témoin ce noble hidalgo, ici présent... (au mannequin.) Senor, si vous êtes sourd... vous avez un nez... voyons, regardez-moi... sentez-moi... (Il retourne la chaise du mannequin.) Que vois-je! un hidalgo de carton! Mais ce duc est un automate, un vil mannequin...

FIGARO.

Vil mannequin!... vous en êtes un autre!

GOGO.

Et vous un impertinent merlan!

FIGARO.

Un merlan!

ENSEMBLE.

Air de *l'Image.*

GOGO.

Surprises sans pareilles!
Je ne sais où j'en suis...
Voilà donc les merveilles
Qu'on nous montre à Paris!
Non, non, non, non!
Cela n'a pas de nom!

LES FIGAROS.

Contemplez les merveilles
De ce charmant pays :
En est-il de pareilles
A celles de Paris?
Non, non, non, non!
Cela n'a pas de nom!

(Tous les personnages se disputent. — Ici tombe le rideau de manœuvre.)

SEPTIÈME TABLEAU.

Dans la salle.

MADAME BEAUBICHON, UN CONTROLEUR, UN MONSIEUR.

MADAME BEAUBICHON, paraissant à l'orchestre.

Pardon, Messieurs, voulez-vous me permettre, s'il vous plaît?...

UN CONTRÔLEUR, dans le couloir.

Où allez-vous donc, Madame?...

MADAME BEAUBICHON.

Je gagne ma stalle, le numéro 143. Ah! Monsieur, vous écrasez ma crinoline... comme c'est étroit ce passage!... C'est égal, on arrive... (A un monsieur assis.) Le numéro 143?.. Ah! c'est là. Monsieur, voudriez-vous sortir pour que j'entre...

LE MONSIEUR, sortant de sa stalle.

Passez, Madame, passez.

MADAME BEAUBICHON.

Merci, Monsieur!... Eh bien! il n'y a pas de stalles.

LE VOISIN, de gauche.

Pardon, Madame, il faut la baisser... tenez, comme ça.

MADAME BEAUBICHON.

Tiens, tiens, tiens, merci, Monsieur. (Elle s'assied en couvrant de sa crinoline ses deux voisins.) Ah! comme ces stalles sont étroites.

LE CONTRÔLEUR, entrant.

Qu'est-ce que c'est? on me dit qu'une dame... Mais, oui, c'est vrai... Comment, Madame, vous profitez du moment où je suis occupé à serrer un paletot, pour vous faufiler à l'orchestre?

MADAME BEAUBICHON.

Me faufiler?... qu'appelez-vous faufiler?... j'ai mon billet, j'ai ma stalle, la voici.

LE CONTRÔLEUR.

Comment on vous aurait loué?... (Regardant le billet.) Mais, Madame, cette stalle est louée à M. Beaubichon.

MADAME BEAUBICHON.

Eh bien! Beaubichon, c'est mon mari, Monsieur, mais il ne viendra pas, je l'ai couché à neuf heures.

LE CONTRÔLEUR.

Vous ne pouvez rester là; les dames n'entrent pas à l'orchestre.

MADAME BEAUBICHON.

Ah! par exemple... j'aime beaucoup cela... me dire à moi que les dames n'entrent pas à l'orchestre, quand je passe toutes mes soirées à l'orchestre de l'Odéon.

LE CONTRÔLEUR.

Oui, Madame, c'est une innovation des directeurs de ce théâtre... mais nous ne sommes pas ici à l'Odéon.

MADAME BEAUBICHON.

Je crois bien, l'Odéon, c'est la maison de Molière, sa petite maison du faubourg Saint-Germain, et quand les comédiens ordinaires de l'Odéon reçoivent les dames à l'orchestre, je trouve singulier, je trouve étrange, je trouve indigne de la galanterie française de ne pas les y recevoir partout. Il me semble que, pour ces Messieurs, je serais une société aussi agréable que celle de M. Beaubichon. (A son voisin de gauche.) Mon voisin, je vous prêterai ma lorgnette pendant le ballet. (A son voisin de droite qui tousse.) Ah! mon voisin de droite qui est enrhumé... Mon voisin, un peu de sucre de pomme.

LE VOISIN.

Ah! merci, Madame... ils sont délicieux.

LE CONTRÔLEUR.

Madame, je suis galant, très-galant, mais si vous ne sortez pas, je vais quérir la force armée.

MADAME BEAUBICHON.

Allez quérir, allez, Monsieur, nous verrons si la force armée est pour la morale.

LE CONTRÔLEUR.

Comment!.. pour la morale?...

MADAME BEAUBICHON.

Oui, Monsieur... je soutiens qu'il est très-immoral que les messieurs entrent à l'orchestre, surtout dans ce théâtre où vous ne jouez que des revues et des féeries, toutes pièces fort dangereuses à voir de près.

LE CONTRÔLEUR.

Qu'entendez-vous par là, Madame?...

MADAME BEAUBICHON.

Assez, Monsieur, dispensez-moi de dévoiler vos turpitudes... Sachez, Monsieur, que je connais plus de vingt femmes qui ont plaidé en séparation, cette année, parce que leurs maris étaient venus voir, à l'orchestre, les *Bibelots du Diable.*

LE CONTRÔLEUR.

Madame, les *Bibelots du Diable* étaient une pièce morale.

MADAME BEAUBICHON.

Je n'ai rien à dire contre les Bibelots en eux-mêmes, mais les auteurs avaient mis trop de génies dans leur pièce... des génies en maillot.

LE CONTRÔLEUR.

Pour la dernière fois, Madame, sortez-vous?...

MADAME BEAUBICHON.

Monsieur, je ne vous crains pas; grâce au ciel, les femmes ne sont plus aujourd'hui de faibles et timides créatures, reléguées dans la couture et le potau-feu... Aujourd'hui, les femmes vont partout... elles vont même à la chasse... j'ai mon port-d'armes.

LE CONTRÔLEUR.

Comment! votre port-d'armes?...

MADAME BEAUBICHON.

Oui, Monsieur, mon port-d'armes, le voici... encore un progrès de l'année 1858. Je suis autorisée à chasser la grosse bête; prenez garde à vous!...

LE CONTRÔLEUR.

Madame!...

MADAME BEAUBICHON.

Au surplus, je m'en vais, parce qu'on est mal dans vos stalles; mais, en m'en allant, je proteste, et si j'ai un conseil à donner à ces dames, c'est de ne plus aller désormais qu'à l'Odéon.

UNE VOIX FÉMININE, dans le haut.

Plus souvent!

MADAME BEAUBICHON.

Ah! les femmes!... les femmes!... elles ne s'entendront jamais... Pardon, Monsieur, prenez garde à ma crinoline. (A son voisin de droite.) Je vous demande pardon... voulez-vous me laisser passer, Monsieur?

LE CONTRÔLEUR, la prenant par la taille.

Allons, Madame, sortez!...

MADAME BEAUBICHON.

Vous osez me prendre la taille!... voici ma carte. (Elle disparaît dans le couloir ainsi que le contrôleur.)

HUITIÈME TABLEAU.

La foire aux nouveautés.

Un champ de foire. — A gauche, une baraque avec une pancarte, représentant un cheval dompté par une femme. On lit : « La signora Raretta, âgée de 18 ans, dompte les chevaux et les maris ombrageux, et va-t-en ville. » — Sur une baraque, à droite, est représenté l'homme canon, costumé d'alcide, avec une énorme canon sur l'épaule. — En face, sur une autre pancarte qui s'élève devant une autre baraque, on voit la peinture d'un immense vaisseau avec ces mots : « *Le Léviathan,* qui portera 36,000 passagers quand la mer pourra le porter. » — Sur le pont du *Léviathan* on voit une énorme cloche pour appeler les voyageurs. — Sur une des affiches collée contre une des baraques, on lit : « Bertrand, candidat humain. »

SCÈNE PREMIÈRE.

LE MARIN DU LÉVIATHAN, ARISTIDE LATOU, HONORÉ LATOU, PAILLASSES, BANQUISTES, FOULE DE CURIEUX, puis COCODÈS et GOBETOUT.

(Tous les tréteaux sont garnis de paillasses, d'alcides, de femmes sauvages et de musiciens, qui font un vacarme d'enfer; quelques-uns ont de grosses têtes. L'homme du Léviathan, habillé en marin anglais, a un énorme porte-voix.

CHŒUR.

Air : *C'est le forgeron.*

Badauds, écoutez!
Grands amateurs de raretés,

Accourez de tous les côtés!
Cloches, tintez! tambours, battez!
Voici la foire aux nouveautés.
Pan, pan, pan, pan, pan, pan. (*bis.*)

ARISTIDE LATOU.

Dans l'intérêt de notre gloire,
Ici nous allons tour à tour
Vous montrer, sur ce champ de foire
Toutes les merveilles du jour.
Par des recettes sans pareilles,
Nous nous sommes tous enrichis;
Aussi vos plus rares merveilles,
Nous vous les montrerons gratis!
Badauds, écoutez!

TOUS.

Grands amateurs de raretés, etc.

GOBETOUT, entrant avec Cocodès.

Par ici, monsieur Cocodès, par ici...

COCODÈS.

Me voici, mon cher Gobetout; vous dites donc que c'est ici la foire aux nouveautés?

GOBETOUT.

Nous sommes dedans... Mais qu'avez-vous donc fait de monsieur Jobard?

COCODÈS.

Il est entré dans une petite baraque pour voir le fruit incestueux d'une carpe et d'un lapin.

LE MARIN DU LÉVIATHAN, hurlant dans son porte-voix.

Le Léviathan!... boum!... (Gobetout et Jobard font un saut de frayeur. — Parlant sans porte-voix.) Messieurs, ce grand bâtiment qui est peint ici devant, c'est le Léviathan, qui a coûté cinquante millions de francs, et qui peut contenir trente mille habitants, y compris les militaires et les bonnes d'enfants. Ce bâtiment, aussi grand que l'Océan, a des appartements dans ses compartiments, et tous les logements ont des jardins d'agrément. Vous y trouverez des restaurants, où les gourmands pourront manger des harengs, des merlans et des éperlans, qu'ils pourront se procurer vivants! Montez papas et mamans, époux et amants, vieillards et enfants, montez sur le Léviathan, c'est l'instant!... c'est le moment!... je veux tous vous mettre dedans.

GOBETOUT.

En voilà un boniment!

UN PAILLASSE.

Place, place aux deux hercules! (Honoré et Aristide Latou entrent et saluent.)

HONORÉ.

Messieurs, mon frère, Aristide Latou, surnommé l'homme canon, va exécuter un charmant travail dédié aux dames!

COCODÈS.

Un homme canon!

GOBETOUT.

Je suis bien aise de le voir arriver pour le voir partir. C'est un beau cavalier et de bonne famille, on prétend que cet homme canon avait pour grand-père un président à mortier.

COCODÈS.

Il devrait avoir une culotte à canons.

GOBETOUT.

Pourquoi ça?... (Comprenant.) Ah! oui... parfait!... (Pendant ce dialogue, quatre hommes sont venus portant une pièce de canon d'un très-gros calibre, et en affectant les plus grands efforts. De l'autre côté, entre un enfant portant deux verres sur un plateau.)

ARISTIDE.

Tenez, Messieurs, avant de me camper cette pièce sur l'épaule, je vais me mettre ces deux canons sur l'estomac... (Il vide les deux verres.)

COCODÈS, pendant qu'il boit.

Ça n'est pas fort, ça.

GOBETOUT.

C'est plus spirituel que difficile.

ARISTIDE.

Voici donc deux canons qui ont déjà fait leur effet... nous allons passer au troisième. Ne pas croire, Messieurs, que cette pièce est une pièce fausse... Vous pouvez remarquer que ces quatre z'amateurs tirent-la langue assez volontiers, et que je *vas* pourtant mettre sur mon épaule la charge de ces quatre z'hommes, après quoi je, cette pièce de canon chargé jusqu'à la gueule et à mitraille, fera feu sur l'aimable société! Je commence l'exercice. Attention!... (Les hommes lui mettent le canon sur l'épaule.

GOBETOUT.

C'est un exercice à feu!

COCODÈS.

Je ne suis pas fou de ce spectacle, j'aime mieux l'opéra-comique.

HONORÉ.

J'appelle l'attention des amateurs sur ce charmant travail... on offre un caleçon d'honneur à celui qui pourra en faire autant.

ARISTIDE.

Attention!... (il s'affermit sur ses jambes.) Quand je crierai : feu ! vous mettrez la mèche sur le canon... (Honoré a pris une mèche allumée et se tient près du canon.)

COCODÈS, très-inquiet.

Et ne pas avoir de coton à se fourrer dans les oreilles !

GOBETOUT.

Donnez-moi le bras, serrez-vous contre moi, et fermons les yeux...

ARISTIDE.

En joue!.. Feu !... (Honoré met le feu à une petite fusée qui est placée sur la pièce, et le paillasse frappe un grand coup sur sa grosse caisse. Cocodès et Gobetout tombent sur leur derrière.)

COCODÈS ET GOBETOUT.

Touchés!... (Aristide, aidé des quatre hommes, pose son canon à terre.)

COCODÈS.

Oh ! je n'aime pas ces farces-là !

GOBETOUT.

C'était bon en Crimée.

HONORÉ, les aidant à se relever.

Si que vous voulez vous relever, nous allons passer à des exercices plus forts, mais moins bruyants. (Un paillasse, pendant ces quelques mois, a apporté sur l'avant-scène une toile, sur laquelle il a déposé plusieurs poids de quarante.)

ARISTIDE.

Maintenant, Messieurs, permettez-moi de vous présenter mon frère, Honoré Latou, surnommé le Biceps en aluminium. (Les deux frères font quelques poses, après lesquelles ils saluent le public.)

HONORÉ.

C'est moi qui suis ce qu'il vous a dit que j'étais, et, pour commencer, je vais avoir l'honneur de jongler avec ces poids de quarante aussi facilement qu'un enfant il pourrait le faire avec la balle élastique la plus légère. (Il enlève un poids à bras tendu.)

ARISTIDE.

Mon frère offre cinq cents francs à son imitateur... et mille francs à celui qui lui fera toucher les omoplates à terre. (Honoré enlève un poids de chaque main et jongle avec.) Le télégraphe humain. Remarquez, Messieurs, que mon frère imite parfaitement les mouvements du télégraphe de la butte Montmartre, supprimé depuis peu de temps. (Honoré approche un poids de sa bouche et l'embrasse.) Le baiser d'une mère ou les adieux du conscrit.

COCODÈS, à Gobetout.

Faites donc ça, vous, malin !

GOBETOUT.

Je le ferai dans la saison des petits pois. (Aristide a attaché avec un mouchoir trois poids, que son frère enlève de la main droite.)

ARISTIDE.

Le fardeau humain ou le désespoir de Samson!.. soixante kilos au bout du bras!.. et remarquez, Messieurs, que mon frère, Honoré Latou, ne peine nullement. (Il attache avec un mouchoir deux autres poids, qu'Honoré enlève avec les dents, sans lâcher les trois autres.) Le triomphe des Osanores!.. (Il lui met un dernier poids dans la main gauche, et avec tout ce fardeau, Honoré monte sur sa chaise.) Les tortures romaines, ou Paris en 1524!.. (Honoré descend et remet tous les poids sur la toile ; puis il prend les quatre coins de cette toile, l'élève légèrement et la donne ainsi que le canon au paillasse.)

HONORÉ.

Emporte ça dans la baraque, toi ! (Le paillasse sort en courant avec les poids et le canon.)

COCODÈS, à Gobetout.

On ne remarque pas assez ce jeune homme... moi je le trouve très-fort aussi.

GOBETOUT.

C'est moins surprenant, parce que c'est élevé à ça tout jeune. (Les deux frères font deux autres poses.)

ARISTIDE.

A c't' heure, Messieurs, pour subjuguer les suffrages, nous allons joindre la grâce à la force, et terminer la séance par la tige d'une rose. Mon frère, Honoré Latou, jouera le rôle de la rose, et moi, Aristide Latou, celui de la tige. (Il va chercher la perche.)

HONORÉ.

Cet exercice, qui rappelle l'homme à la perche, le dégoûte complètement, attendu qu'une fois dans les airs, moi et mon frère, nous chantons tous les deux le charmant duo d'Irma, comme que pourraient le faire trois jeunes hommes, élèves du Conservatoire.

ARISTIDE, apportant la perche.

Voici la machinette... mon frère va la gravir sans la moindre échelle. (Il va se placer près de la coulisse de gauche.)

COCODÈS, à Gobetout.

Est-ce que vous y monteriez, vous?...

GOBETOUT.

Sans échelle ?... non...

COCODÈS.

Et avec une échelle?

GOBETOUT.

Non plus.

HONORÉ, qui est allé rejoindre son frère.

Attention !... je grimpe !... (Il monte.)

COCODÈS.

Ah ! sapristi ! je ne ferais pas ça !

GOBETOUT.

Eh bien !... quand on le voit faire, ça ne paraît pas difficile. (Aristide portant son frère au bout de la perche, avance en prenant toutes sortes de précautions, et se place au milieu du théâtre. — Honoré fait plusieurs tours de force.)

ARISTIDE.

Attention au duo d'Irma !

HONORÉ.

Allons-y !.. (Ils chantent. — Au milieu du duo, Aristide aperçoit une épingle à quelques pas; il quitte la perche, et, tout en chantant, va ramasser l'épingle. Honoré reste au bout de la perche en la soutenant.)

HONORÉ.

Hé ! là-bas ! (Aristide revient à sa place avec la plus grande tranquillité, reprend la perche, et le duo s'achève au milieu des applaudissements de la foule.)

COCODÈS.

C'est épatant ! (Honoré se laisse glisser à terre le long de la perche. — Les frères saluent et sortent.)

GOBETOUT.

C'est beau comme l'antique ! (Criant.) Les hercules !

TOUT LE MONDE.

Les hercules ! (Les deux frères reparaissent, se tenant par la main, saluent et sortent.)

GOBETOUT.

Qu'on est heureux de venir au monde aussi fort que ça !

COCODÈS.

Oh ! oui !... pouvoir tuer un bœuf d'une pichenette !

GOBETOUT.

Avoir un beau biceps, qu'on fait sauter en remuant le petit doigt... comme ceci ! (Il prend une pose de gladiateur.)

COCODÈS.

Avoir de beaux pectoraux, et pouvoir se développer en costume d'alcide du Nord ! (Il prend une pose devant Gobetout.)

GOBETOUT, sans quitter sa pose.

Nous sommes peut-être très-forts, sans nous en douter.

COCODÈS, de même.

Il ne nous manque peut-être qu'un maillot-chair.

GOBETOUT.

Voulez-vous lutter ?... voulez-vous lutter ?

COCODÈS.

Essayons ! (Ils s'empoignent. — Cocodès enlève Gobetout au-dessus de sa tête.)

GOBETOUT, criant.

Rendez-vous !.. vous êtes dessous. (Un banquiste, à la baraque de Raretta, fait un roulement. — Cocodès remet Gobetout à terre.)

COCODÈS.

Au roulement, je vous flanquais une roulée ! (Le banquiste fait en ce moment un nouveau roulement. — Raretta paraît sur son estrade.)

SCÈNE II.

LES PRÉCÉDENTS, RARETTA.

RARETTA.

Silence, tambour ! Oui, Mesdames et Messieurs, c'est moi, Raretta, surnommée la Charmeuse, qui dompte les chevaux, les maris et qui va-t-en ville. Vous n'êtes pas sans avoir entendu parler d'un homme d'Amérique possédant le secret infaillible de dompter les chevaux les plus mal élevés... Cet homme rare est déjà célèbre... Trois sportmen l'ayant mis au défi de dompter leurs chevaux, il a dompté le cheval de l'un, le cheval de deux et même le cheval de Iruis!... Eh bien, ce grand dompteur, je l'ai dompté à mon tour, ce charmeur, je l'ai charmé, et ne vous dirai pas par quels charmes... cela ne vous regarde pas. (Elle descend de son estrade.)

GOBETOUT, riant.

Ah ! ah ! ah ! ah ! ah !

COCODÈS, riant aussi.

Eh ! eh ! eh ! eh !

RARETTA, s'approchant d'eux.

Qui est-ce qui vous fait rire, hé ! là-bas?..

GOBETOUT.

Au fait, quand on est si jolie !..

RARETTA.

Non, Messieurs, ce n'est pas ça... et puisqu'on me force à dire ce que c'est... je l'ai dompté par le punch Grassot.

TOUS.

Ah!

RARETTA.

Quant au secret merveilleux de charmer les bêtes, et de réduire les maris les plus récalcitrants, je ne le divulgue point en plein vent!

Air nouveau de M. JULES BOVCARD.

Oui, corbleu! grâce à ma science,
Je dompte tous les animaux,
Et je soumets à ma puissance
Les maris comme les chevaux.
Maîtres de chevaux irascibles,
Je saurai les rendre pour tous
Doux!
Épouses de maris terribles,
Je rendrai les plus furibonds
Bons.
Quand l'un d'eux
Est fougueux,
Ombrageux,
Furieux,
Me voilà! (*bis.*)
Je suis là! (*à fois.*)
Grâce à mes moyens infaillibles,
Le voyant partir au galop,
Je le ramène au petit trot, (*bis.*)
De moi longtemps on parlera;
Non, rien ne résiste à
Raretta.
(Elle fait claquer son fouet.)
Hop là! hop là!

DEUXIÈME COUPLET.

Les chevaux qu'on ne peut soumettre,
Les maris à l'esprit mutin,
On ne peut plus les reconnaître
Quand ils sont soumis à mon frein.
Les chevaux, domptés et dociles,
D'eux-mêmes s'attachent au po-
Teau,
Et les maris doux et tranquilles
Rentrent chez eux pour faire un lo-
To.
Pour dompter,
Pour mater,
Fouetter
Ou flatter,
Me voilà! (*bis.*)
Je suis là! (*à fois.*)
Et n'en déplaise aux imbéciles,
Je dompterai de tout Paris
Et les chevaux et les maris, (*bis.*)
De moi longtemps on parlera;
Non, rien ne résiste à
Raretta.
Hop là! hop là!

COCODÈS.

Dites donc, Gobetout, que dites-vous de cela?

RARETTA, à Cocodès.

Monsieur veut-il que je le dompte?

COCODÈS.

Mais, ais, ais, ais, ais...

GOBETOUT.

Si j'avais un cheval fougueux sous la main... je vous mettrais à l'épreuve... (Bruit au dehors.)

TOUS.

Qu'est-ce donc? (Tous vont voir au fond à droite.)

COCODÈS.

C'est un cheval échappé qui renverse tout sur son passage!... Ciel! il se précipite de ce côté!...

GOBETOUT.

Gare à nous!... au secours!

RARETTA.

Vous me demandiez un cheval fougueux, le voilà! Allons, place! laissez-le venir, je l'attends! que personne ne bouge! (Musique. Le cheval paraît en faisant gros ruades; il se met à poursuivre Gobetout et Cocodès.)

COCODÈS.

C'est à moi qu'il a l'air d'en vouloir...

GOBETOUT.

Je crois plutôt que c'est à moi!..

RARETTA, devant le cheval. Elle siffle comme les palefreniers.

La, la, la... (Raretta se glisse devant le cheval. Ici commence une scène de magnétisme et de fascination. Le cheval, furieux, recommence à ruer et à caracoler, mais il se calme sous le regard de Raretta. Puis il s'impatiente, il piétine, il piaffe, il paraît vouloir fondre sur Raretta, mais celle-ci l'arrête en lui montrant une pancarte sur laquelle on lit, en gros caractères : « Œdipe Roi. » Le cheval ferme les yeux, il chancelle; mais à peine la pancarte a-t-elle disparu qu'il se ranime, se mutine et va se précipiter une seconde fois sur Raretta, qui lui présente une seconde pancarte sur laquelle on lit : « Les Mariages dangereux. » Le cheval semble d'abord frappé d'anéantissement; mais la pancarte étant enlevée, il se ranime de nouveau et devient plus irrité que jamais. Alors Raretta déroule une troisième pancarte, sur laquelle on lit : « Le Fils de la Belle au bois dormant. » Et le cheval trébuche et tombe pour ne plus se relever. Il est vaincu.)

RARETTA.

Il ne se réveillera plus! (Elle fait relever le cheval qui s'éloigne.)

COCODÈS.

C'est sublime!..

GOBETOUT.

Oui, sublime!.. et je n'hésite pas à déclarer madame la merveille de 1858! (Musique.)

SCÈNE III.

LES MÊMES, LA COMÈTE.

LA COMÈTE, paraissant.

Insensés!.. Osez-vous bien vous prosterner devant des jongleurs?.. La seule, la véritable merveille de 1858, c'est moi!.. La comète de Donati!..

TOUS.

La comète!..

LA COMÈTE.

Air : As-tu vu la lune, mon gas?

Oui, c'est moi, c'est moi qu'il faut bénir!
Malgré votre inconstance,
Vous conserverez mon souvenir...
J'apporte l'abondance!
Pour rassembler tous mes élus,
Aujourd'hui je donne une fête.
Mes amis, au temple de Bacchus
Suivez tous la comète!

CHŒUR.

Pour rassembler tous ses élus,
Puisqu'elle nous donne une fête,
Mes amis, au temple de Bacchus
Suivons tous la comète!
(La comète sort, suivie de tout le monde. — Changement à vue.)

NEUVIÈME TABLEAU.

Le temple de Bacchus.

SCÈNE UNIQUE.

LA COMÈTE, puis une foule de PERSONNAGES de toutes sortes. — Tous ces personnages entrent successivement, chantant et en marquant un pas de polka, qui se continue par tout le monde jusqu'au baisser du rideau. Tous ont à la main des bouteilles et des verres et sont dans une demi-ivresse.

LA COMÈTE.

Air de la Polka des buveurs. (MADEMOISELLE LAGIER.)

Gloire au vin des sept comètes!
Moi, qui règne sur mes sœurs,
En tournant toutes les têtes,
Je veux séduire tous les cœurs.

DEUX ÉTUDIANTS, DEUX GRISETTES.

LES GRISETTES, tenant des verres de champagne.
Ah! la charmante fête!

ENSEMBLE.

Tra la la, tra la la.

LES ÉTUDIANTS, montrant leurs bouteilles de champagne.
Mon nouveau code, le voilà!

DEUX MARCHANDS DE COCO, avec leurs fontaines.
Plus de coco, cette année;
Nous allons vendre aux moutards
Mâcon, bordeaux, romanée,
Et du champagne pour deux liards.

DEUX POMPIERS.

Tra la la, tra la la!
Quand la maison brûlera,
Tra la la, tra la la!
C'est de vin qu'on l'arros'ra.

UN SPAHIS ET UNE VIVANDIÈRE.
Là-bas, chère Pomponnette,
Nous avons pris cent canons.
Grâce au vin de la comète,
C'est d'autres canons qu' nous prendrons.

UN MAÇON ET SA FEMME.
ENSEMBLE.
Tra la la, tra la la.
LE MAÇON.
C'tt' année on vous ador'ra!
ENSEMBLE.
Tra la la, tra la la!
LA FEMME.
Et puis comm' plâtre on me battra.
DEUX CANOTIERS.
Grâce à ce vin de Champagne
De la Beauce je suis roi!
J' fais des châteaux en Espagne,
La Californie est à moi!
DEUX CANOTIÈRES.
Tra la la, tra la la!
Pour suivre ce régim'-là,
Tra la la, tra la la!
Tous les canotiers sont bons là!
TROIS COMPAGNONS DU DEVOIR.
PREMIER COMPAGNON.
J' fais gaîment mon tour de France,
J'aime et j' bois le long du ch'min:
Je change de résidence,
Pour changer d'amour et de vin!
TROIS PORTEURS D'EAU.
Tra la la, tra la la!
Si l' vin est aussi bon qu' ça,
Tra la la, tra la la!
Parbleu! c'est que d'eau l'on manqua.
COCODÈS.
Partout renaît l'abondance,
Partout renaît la gaîté!
GODEFOUR.
Ce vin, c'est l'eau de Jouvence,
Il nous rend jeunesse et gaîté.
DEUX DÉBARDEURS, femmes.
Tra la la, tra la la!
C'tt' année, au bal on ira,
Tra la la, tra la la!
L'amour dansera la polka.
UNE ESPAGNOLE.
En sortant de chez Vachette,
Qu'un' fillett' fasse un faux pas,
On dira: c'est la comète!
Sa vertu n'en souffrira pas.
UN PIERROT ET UNE PIERRETTE.
Tra la la, tra la la!
Chacun, en grand tra la la,
Tra la la, tra la la!
Dans'ra sur l'air du tra la la.
QUATRE DAMES DE LA HALLE.
Les hall's dont nous somm's l'emblème
Furent baptisé's ce matin;
Et pour fêter ce baptême
On n'a pas baptisé le vin.
TROIS FORTS DE LA HALLE.
Tra la la, tra la la!
Nous étions à c' baptêm' là,
Tra la la, tra la la!
Et tout Paris s'en souviendra.
RARETTA, entrant avec son cheval.
Grâce au petit bleu qu'il aimé;
Je veux à vos yeux surpris
Que mon cheval noir, lui-même,
Soit tout à l'heure un cheval gris.
HONORÉ, ARISTIDE ET UN BANQUISTE.
Tra la la, tra la la!
Les banquistes, les voilà!
Tra la la, tra la la!
Nous v'nons danser à c'te fêt'-là.
TOUT LE MONDE.
Tra la la, tra la la!
Oui, tout le monde en sera.
Tra la la, tra la la!
Nous dans'rons tous à c'te fêt'-là!
(Danse générale.)

ACTE TROISIÈME.
DIXIÈME TABLEAU.

Une immense cuisine avec plusieurs fourneaux. — On lit au fond sur le mur: « Cuisine dramatique. » — Au-dessus d'un fourneau on lit: « Fourneau de la Porte-Saint-Martin, de l'Ambigu et de la Gaîté. » — Au-dessus du deuxième fourneau: « Cuisine des théâtres de vaudevilles; puis, fourneau du Grand-Opéra et de l'Opéra-Comique, fourneau des Français, etc. » — Deux fours, sur lesquels on lit, sur l'un: « Grands fours; » sur l'autre: « Petits fours. »

SCÈNE PREMIÈRE.
CUISINIERS ET GÂTE-SAUCES, puis SALMIGONDIS.

CHŒUR.
Air: Galop de Musard.
Allons, chaud, chaud, ne soyons pas manchots,
Travaillons sans prendre de repos.
Pour obtenir des succès nouveaux,
Marmitons, restons à nos fourneaux.

SALMIGONDIS, entrant.
Courage, mes amis,
Faites des salmis
Tragiques et comiques,
Et qu'en goûtant vos mets,
On s'abonne à mes
Cuisines dramatiques.

CHŒUR.
Allons, chaud, chaud, etc.

SALMIGONDIS.
Attention, chefs, marmitons et gâte-sauces!... Vous savez que j'attends ce matin même le grand ambassadeur de Sa Majesté chinoise, le célèbre, l'illustre Kinkin. La Chine, depuis qu'ell' est ouverte, veut emprunter à la France ses chefs-d'œuvre dramatiques pour le grand théâtre de Pékin, et je me suis chargé des fournitures théâtrales. Grâce à mon entreprise gigantesque, on peut se passer des dramaturges, des vaudevillistes et de tous les charpentiers littéraires.

Air: Messieurs, deux auteurs se sont dit...
Toujours par les mêmes moyens
Les auteurs ont fait leur cuisine;
Ils savent en changer la mine
Sans jamais changer d'ingrédients.
Tous les sujets qu'ils inventent
Furent cent fois inventés,
Et tous les couplets qu'ils chantent
Furent mille fois chantés.
Tous leurs plats ont le même goût,
De quelque sel qu'on les rehausse;
Car c'est toujours la même sauce
Et toujours le même ragoût.
Or, connaissant leur ficelle,
J'ai fabriqué, mes amis,
Sur une plus grande échelle,
Pour donner à plus bas prix...
En un mot, je suis l'inventeur
D'une gargotte dramatique,
Et je dirige ma boutique
Sans aucun collaborateur.
Voulez-vous des comédies?
On va vous les épicer.
Voulez-vous des tragédies?
On va vous en fricasser.
Bref, je prétends me signaler;
Je veux, grâce à mon savoir-faire,
Que le public, enfin, digère
Tout ce qu'on lui fait avaler.

Mais je bavarde, je bavarde, et les fourneaux se refroidissent. Voyons les commandes d'aujourd'hui. (Parcourant un carnet.) La Russie demande un grand opéra dans le genre de la Magicienne. La recette est facile: apportez tout ce qu'il faut pour cela. De la poésie, d'abord, de la belle poésie!... (On apporte des mirlitons dans une petite corbeille.) Voyons cela, voyons cela. (Il prend un mirliton et lit autour.)

« Mon âme peut admirer en ces lieux
« Celui pour qui mon cœur brûle de mille feux. »
Très-bien!... (Il met le mirliton dans la casserole. Prenant et lisant un second mirliton.)

« Doux objet de ma flamme,
« Blanche, règne en mon âme!
« Je reviens près de toi
« Pour t'offrir mon cœur et ma foi. »

Parfait, parfait !... Par saint Georges ! c'est du nanan !... passons à la musique. Donnez-moi des notes, des blanches, des noires, des fugues, des strettes... Et maintenant, du cuivre, beaucoup de cuivre, cuivrez-moi ça. (Il met dans la casserole successivement des papiers sur lesquels on voit de très-grosses notes, de musique puis de petites trompettes de cuivre de différentes formes.) Pour relever ce plat musical, il faudrait quelque chose dans le goût des patineurs, ou du jeu d'échecs... Ah! donnez-moi un jeu de quilles et faites mijoter. (Consultant son carnet.) Continuons. Carpentras, ne veut pas des *Trois Maupins*. Cette ville de progrès en veut quatre. Confectionnons les quatre Maupins. Apportez-moi des ficelles, encore des ficelles, et toujours des ficelles... elles sont un peu vieilles les ficelles que vous me donnez là... tant mieux, c'est cé qu'il faut ! Maintenant, jetez dans la casserole un exemplaire du *Chevalier* à la mode, ajoutez là *Nuit aux soufflets*, le cinquième acte du *Mariage de Figaro*, et par là-dessus, de l'esprit, du sel, du poivre, du piment, beaucoup de piment, et servez chaud ! (Lisant son carnet.) Poursuivons Batignolles, qui s'est régalé des *Fugitifs*, demande pour second service, un drame avec le même assaisonnement. C'est facile. Chaud, chaud ! apportez le chaudron aux mélodrames ! Passez-moi d'abord l'*Histoire du docteur Maynard*... A présent, un maniveau de : ma mère ! ma sœur ! mon frère ! mon enfant !... la croix de ma mère !... l'épée de mon père !... et puis, des sauvé ! sauvé ! beaucoup de sauvé ! maintenant, plusieurs ô merci, merci, mon Dieu !... plus que ça, plus que ça de ô merci, merci, mon Dieu !... c'est bien... assez !... mouillez le tout avec des larmes, des sanglots... (On verse un seau d'eau dans la casserole.) et ça fera une ratatouille comme celle de l'Ambigu ! (Les marmitons ont exécuté ses ordres au fur et à mesure qu'il les a donnés.)

Air : *Ah ! ma mère, est-ce que j' sais ça ?*

Dans ce théâtre un peu prude,
Où l'on met le ciel en jeu,
On a si bien l'habitude
De dire : « O merci, mon Dieu ! »
Qu'à la fin de cette pièce,
Le directeur, avec foi,
Disait, en faisant sa caisse :
« O merci, merci, mon Dieu ! » (*bis*.)

UN GÂTE-SAUCE, entrant.

Maître, c'est un monsieur qui a l'air d'un Chinois, ou plutôt un Chinois qui a l'air d'un monsieur, qui demande à vous parler.

SALMIGONDIS.

C'est lui !.. c'est mon envoyé diplomatique !.. Faites entrer ce magot de la Chine, et vous, marmitons, attention !.. Il faut le recevoir à la mode de Can-ton !.. imitez-moi donc !.. tenez, voilà un geste chinois !.. (Il s'assied par terre les jambes croisées et lève les deux mains au niveau des oreilles ne laissant voir que l'index. — Tous les marmitons l'imitent.)

SCÈNE II.

LES MÊMES, KINKIN, habillé moitié en chinois, moitié en gandin, entrant.

SALMIGONDIS.

Air : *Clochettes de la pagode.*

Silence dans la cuisine !

CHŒUR.

Que chacun de nous s'incline :
C'est le célèbre Kinkin !
C'est l'envoyé de la Chine !
C'est un pékin de Pékin !

KINKIN.

Très-bien, très-bien, qu'est-ce que vous faites là ?

SALMIGONDIS.

Nous vous honorons, Chinois.

KINKIN.

Ça ne se fait plus en Chine.

SALMIGONDIS.

Mais ça se faisait auparavant.

KINKIN.

Sur les paravents ! Relevez-vous, hommes inférieurs !

SALMIGONDIS, se levant, il fait un signe aux marmitons, qui se lèvent aussi, à Kinkin.

Salut à Sa Hautesse !

KINKIN, lorgnant le décor.

Par Bouddha !.. c'est fort curieux une cuisine dramatique... La confection des œuvres de théâtre sautées en casserole, rôties sur le gril, cuites au four... c'est fort curieux, et je ne regrette pas les six mille lieues que je viens de faire...

SALMIGONDIS.

Voulez-vous avoir connaissance du menu de l'année ?

KINKIN.

Mais, gros Barbare, je ne suis venu que pour ça... notre sublime maître a entendu parler de votre cuisine, et il veut en goûter... Garçon, la carte !... (Musique. — Sur un signe de Salmigondis on voit paraître, sortant du dessous, toutes les principales affiches de l'année. — Au-dessus de chaque titre on lit en grosses lettres : « IMMENSE SUCCÈS ! »

SALMIGONDIS.

La voici !

KINKIN.

Voyons cela... Immense succès, la *Magicienne*... Bravo !.. Immense succès, les *Doigts de Fée*... Parfait !.. Immense succès, les *Noces de Figaro*... ah ! ah !.. Immense succès, immense succès et partout immense succès... Vous n'avez donc que des immenses succès ?

SALMIGONDIS.

Vous le voyez, illustre Chinois, ce sont les affiches qui le disent. (Les affiches disparaissent.)

KINKIN.

Et qu'est-ce qui fait les affiches ?

SALMIGONDIS.

Ce sont les directeurs.

KINKIN.

Mais alors... je comprends...

SALMIGONDIS.

Air de *madame Favart*.

On dit partout succès immense,
Du Lazary jusqu'aux Français,
Partout chaque affiche commence
Par annoncer un immense succès.
C'est peut-être une maladresse ;
Car le public n'osant plus aujourd'hui
Se décider pour l'une ou l'autre pièce,
Se décide à rester chez lui. (*bis*.)

KINKIN.

Avant d'arriver à ces immenses succès, que je tiens à conserver pour la bonne bouche, ne pouvez-vous m'offrir quelques mets moins prônés ?

SALMIGONDIS.

Sans contredit... (Aux marmitons.) Qu'on se rende au garde-manger, et qu'on ouvre le buffet des conserves. (Les marmitons sortent.)

KINKIN.

Ça ne sentira pas le rance ?..

SALMIGONDIS.

Les bons plats ne se gâtent jamais... (Criant) attention là-haut !.. Envoyez le décor antique. (Le décor change. — Salmigondis agite une sonnette.)

KINKIN.

Qu'est-ce que vous faites donc ?

SALMIGONDIS.

Je sonne pour appeler le Théâtre-Français. Autrefois, on frappait les trois coups avec le vieux bâton du temps de Molière... mais on vient de reléguer ce vieux bâton avec la hallebarde du suisse, qui se tenait sur l'avant-scène, et avec les ciseaux du moucheur de chandelles.

Air : *Vaudeville des deux Edmond.*

Le gaz a chassé la chandelle :
Et cette sonnette nouvelle
Doit remplacer avec bonheur
Le vieux bâton du régisseur.
Vous voyez qu'aux Français tout passe :
Mais qu'aux Français tout se remplace.
Tout, excepté Molière, hélas !
Qu'on n'y remplace pas. (*bis*.)

KINKIN.

Pourquoi cela ?.. on a grand tort. (Musique.)

SALMIGONDIS.

Je vous annonce Œdipe Roi et la Vénus de Milo.

SCÈNE III.

SALMIGONDIS, KINKIN, ŒDIPE ROI, LA VÉNUS DE MILO, puis LE CHŒUR ANTIQUE.

(Œdipe et la Vénus entrent, chacun du son côté. — Œdipe a un abat-jour vert et un bâton.)

LA VÉNUS.

Œdipe ! en ce séjour ?

ŒDIPE.

La Vénus de Milo ?

LA VÉNUS.
Je ne m'attendais pas à ce méli-mélo.

ŒDIPE.
Je suis aveugle, hélas! et d'humeur peu gaillarde,
Mais je suis ébloui, lorsque je vous regarde...
Auprès de la beauté l'amour guida mes pas,
Et mon cœur a des yeux pour lorgner vos appas.

LA VÉNUS.
Ce langage est flatteur, et notre vieil Œdipe
Parle aussi galamment que Fanfan la Tulipe.

(Ici le chœur, composé de quatre hommes, précédés de celui qui récite seul,
entre. — L'orchestre joue l'air du Tra, la, la.)

LE CHŒUR, récitant.
Célébrons le héros, célébrons la déesse,
De Thèbes, de Milo chantons ces gloires-là,
Honorons à la fois et l'Egypte et la Grèce,
Et retirons-nous tous après avoir dit ça
Sur l'air du tra la là,
Sur l'air du tra la là là,
Sur l'air du tra déri déra,
Tra la la!
(Ils sortent.)

ŒDIPE.
Le chœur est terminé. Ne me direz-vous pas,
Vous, que l'on vit toujours manchotte des deux bras,
Comment je vous retrouve avec ces bras d'albâtre?

LA VÉNUS.
On me les a rendus pour paraître au théâtre;
Ils sont... improvisés, et j'ai reçu ce don
D'un auteur de talent qu'on joue à l'Odéon.

ŒDIPE.
Bien, mais votre origine, entre nous, quelle est-elle?
Et quel fut votre père?

LA VÉNUS.
On nomme Praxitèle,
Phidias ou tout autre...

ŒDIPE.
Enfin c'est l'un d'eux...

LA VÉNUS.
Non...
La Vénus de Milo, je n'ai pas d'autre nom!
Mais pourquoi soulever le voile qui me couvre?
Le chef-d'œuvre immortel, que l'on admire au Louvre,
Est un présent divin, un don du Créateur...
Parmi vous à quoi bon rechercher son auteur?
Qu'importe de quel nom un chef-d'œuvre se nomme!
C'est la gloire d'un siècle et non celle d'un homme!
Dieu du génie humain laisse le souvenir,
Afin que le passé profite à l'avenir.
Nul mortel, ici-bas, n'échappe au sort funeste:
L'artiste disparaît, mais le chef-d'œuvre reste.
Je devinais jadis les énigmes du sphynx,
Mais dans cet heureux temps j'avais mes yeux de Lynx.

(Musique. — L'orchestre joue l'air de: J'ai du bon tabac.)

LE CHŒUR, rentrant, récite.
Célébrons Vénus, célébrons Œdipe
Et, pour les chanter, unissons nos voix.
A nos chants, Vénus a des droits.
Œdipe est le plus grand des rois!
J'ai du bon tabac dans ma tabatière,
J'ai du bon tabac; tu n'en auras pas.

ŒDIPE.
Ce chœur est assommant! Reprenons notre fil
Et critiquons-nous bien.

LA VÉNUS.
Œdipe y pense-t-il?

(Récitant sur la musique.)
Chaque chef-d'œuvre attend sa parodie
De tout chef-d'œuvre on a fait le procès;
Mais respectons l'écrivain de génie,
Qui fit revivre, avec un grand succès,
Le vieux Sophocle au Théâtre-Français,
Quand tant d'auteurs sur la route commune,
Pour leur bafouer choisissent Apollon;
Gloire à celui qui n'attend la fortune
Que du respect qu'il attache à son nom.

ŒDIPE.
A votre auteur aussi cet éloge s'applique!..
Et maintenant sortons, suivis du chœur antique.
(Il sort avec la Vénus, en criant:)
Pauvre aveugle, s'il vous plaît!...

LE CHŒUR, chanté.
Air: Ah! c'cadet-là!
Chantons, chantons sur tous les tons!
Suivons ce pauvre aveugle,
Puisque notre monarque beugle,
Ainsi que lui, beuglons.
(Le chœur sort.)

SALMIGONDIS.
Eh bien! qu'est-ce que vous dites de cela?

KINKIN.
La statue me plaît... je l'emporterais volontiers pour mon musée particulier; quant au vieux, j'ai entendu dire qu'il avait épousé sa mère, et qu'il avait des enfants qui étaient ses frères... tout cela est vilain... c'est dramatique, mais c'est vilain.
(On entend chanter au dehors.)
Eh lon, lon, la, laudérirette
Eh lon, lon, la, landérira.

KINKIN.
Ah! ah! ceci nous annonce un joyeux drille!

SALMIGONDIS.
C'est Louis XI qui s'approche...

KINKIN.
Un roi très-gai, à ce qu'il paraît?

SALMIGONDIS.
Oui, gai comme les verrous d'une prison... c'était le plus sombre des monarques...

KINKIN.
Oh!... et on le fait chanter?

SALMIGONDIS.
On fait chanter tant de gens!

SCÈNE IV.

LES MÊMES, LOUIS XI.

LOUIS XI, entrant et chantant d'un air farouche.
Ohé... les p'tits agneaux,
Qu'est-c' qui cass' les verres?
Ohé... les p'tits agneaux,
Qu'est-ce qui cass' les pots?..

KINKIN.
Il chante les petits agneaux?..

LOUIS XI.
Oui, pour me punir de toutes les espiègleries que j'ai commises dans mon temps, les destins m'ont condamné à chanter...

KINKIN.
A perpétuité?

LOUIS XI.
Oh! non, Monsieur; grâce à Quentin Durward, il y a longtemps que je ne recule plus... Mais si jamais les auteurs de cette mystification me tombent sous la main... à moi, Olivier le Daim! à moi, mon compère!..

SALMIGONDIS.
Ah! ah! voilà vos instincts féroces qui vous repincent, mon bonhomme... chantez-nous plutôt votre air à boire...

LOUIS XI, avec colère.
Pâques Dieu!.. (Avec un air aimable.) Eh bien! oui... eh bien! oui!... je vais vous chanter une joyeuse chanson de table... comme un gandin de la Maison-d'Or!

Air: le Bourguignon dit-on (de QUENTIN DURWARD).
Mon opéra,
Fera
Qu'un jour et sans plus de mystère,
On entendra
Sylla
Chanter avec Caligula,
Néron chanter avec Tibère.
Bah! laissons faire...

ENSEMBLE.
Bah! laissons faire.

LOUIS XI.
Et répétons le verre en main, (bis.)
Vive le vin! (bis.)
Vive le vin d'Auxerre!

DEUXIÈME COUPLET.
Voir un tyran,
Tirant
De joyeux sons du fond d'un verre,
C'est du nouveau
Que l'O-
Péra-Comique trouve beau.
Si la musique dégénère,
Laissons-la faire...

ENSEMBLE
Laissons-la faire.

LOUIS XI.

Et répétons le verre en main, (bis.)
Vive le vin! (bis.).
Vive le vin d'Auxerre!

(Sur la ritournelle, et avec fureur.) Et j'y joindrai la danse!!! (prenant tout à tout un air mielleux en se mettant à danser.)

Une polka! un' mazurka! un' redowa!
Un cotillon!.. tout c' qu'on voudra!
Tout c' qu'on voudra!..
(Il sort en dansant et en faisant des grâces.)

KINKIN.

Il n'est plus méchant!

SALMIGONDIS.

C'est maintenant le Louis XI des salons.... (Ici l'orchestre joue l'air de Giroflé-Girofla.)

KINKIN.

Ah! je reconnais cet air.

SALMIGONDIS.

C'est Giroflé-Girofla, un enfantillage du théâtre de la Gaîté!
(Entre une petite fille, tenant dans ses bras une poupée qu'elle berce.)

SCÈNE V.

SALMIGONDIS, KINKIN, UNE PETITE FILLE.

LA PETITE FILLE.

Air connu.

Je suis la petit' fille,
Giroflé-Girofla,
La pauvre petit' fille
D' maman et d' papa.
Mari d' ma mère,
Mon père est Breton;
Ell' ne l'aim' guère...
Elle a bien raison;
Mais elle fait mon père,
Giroflé-Girofla,
Mais elle fait mon père...
Plus malheureux qu'ça.
Un beau vicomte
Devient son amant,
Par' qu'il en conte
A ma p'tit' maman.
Il s'enferme avec elle,
Giroflé-Girofla,
Il s'enferme avec elle,
Sans prév'nir papa.
Pour Valentine,
On s' disput', faut voir,
On s'assassine,
Mais, sans m'émouvoir,
Moi, je chante sans cesse
Giroflé-Girofla,
Et j' fais marcher la pièce
Avec ce r'frain-là.
Oui, je chante sans cesse, etc.
(Elle sort.)

KINKIN.

Ah! je pleure à chaudes larmes!... c'est gentil... mais est-ce que vous n'auriez pas de la musique un peu plus...

SALMIGONDIS.

Vous voulez de la grande musique, de la belle musique... nous allons vous en faire entendre... voulez-vous la Magicienne?

KINKIN.

Ah! je serais curieux de faire sa connaissance.

SALMIGONDIS.

Vous allez la voir. (Ici nuit complète.)

KINKIN.

Comment voulez-vous que je la voie, si vous éteignez les lumières?

SALMIGONDIS.

Je vais vous dire: La Magicienne est une fille de la nuit... on ne peut la voir que lorsqu'on n'y voit pas... ce qui fait que toute la pièce se passe dans la nuit... et c'est pour cela que la partition est un peu obscure... il n'y a que des gens éclairés qui y comprennent quelque chose. (Ici entre un marmiton; qui parle bas à Salmigondis.) Hein?... que m'apprenez-vous?... René n'est pas là!.. Ah! mon Dieu!... (A Kinkin.) Le ténor René qui n'est pas là!.. (Au marmiton.) C'est égal... changez toujours le décor et faites entrer la Magicienne. Je vais remplacer le ténor... (Le marmiton sort.) Ah! je n'ai pas d'armure!... on ne peut pas jouer ça sans armure... Ah!... j'ai mon affaire... il y a là un calorifère... je vais le prendre...

KINKIN.

Oh! oui... ça chauffera la scène. (Musique. — Salmigondis sort. — Le décor a changé et représente une forêt. — La Magicienne entre.)

SCÈNE VI.

KINKIN, MÉLUSINE, puis SALMIGONDIS.

MÉLUSINE.

RÉCITATIF.

Musique de J. NARGEOT.

Triste sort que le mien! quoique magicienne,
Je suis laide de jour et très-belle de nuit!
Dans la sombre forêt, mon infernal domaine,
Malheur à l'étranger (bis) qui flâne après minuit!
(Changeant d'air et de ton.)
Messieurs, si vous voulez, et vous voulez m'en croire,
N'allez pas, n'allez pas dans la Forêt-Noire.

KINKIN.

C'est joli ça! c'est joli! et ce monsieur qui me disait du mal de la musique.

MÉLUSINE.

Mais j'aperçois René...
Merci, ma bonne étoile!
Comme il a l'air gêné
Dans ses tuyaux de poêle!
(Entre René joué par Salmigondis; il est harnaché d'un poêle et de ses tuyaux.)

RENÉ.

Enfin, je te revois!

MÉLUSINE.

Viens réchauffer mon cœur!
Ta présence répand une douce chaleur.
(Elle se chauffe les mains autour de son poêle.)
Tête-à-tête,
Cueillons la noisette
Dans ce bois,
Où je te revois.

RENÉ.

Tout à l'aise,
Ah! cueillons la fraise!...
En ce jour,
Tout parle d'amour!

REPRISE EN DUO.

(La musique devient tout à coup lugubre.)

MÉLUSINE, avec agitation.

D'un rayon le ciel se colore...
Il faut, il faut quitter ces lieux...

RENÉ.

Quand on fut toujours vertueux,
On aime à voir lever l'aurore...

MÉLUSINE.

C'est que...

RENÉ.

Quoi?

MÉLUSINE.

Justement.

RENÉ.

Hé bien!...

MÉLUSINE.

O trahison!

RENÉ.

Qu'as-tu donc?

MÉLUSINE, avec un air désespéré.

Le soleil paraît à l'horizon!!!

RENÉ.

Je vais enfin contempler son visage!
(Tout à coup le plafond de Mélusine se couvre d'une teinte verte, Mélusine dit:)

MÉLUSINE.

Plus tôt!
(La lumière s'en va au cintre.)
Plus bas!
(La lumière retombe à ses pieds.)
Plus haut!
(La lumière se fixe enfin sur son visage.)
C'est ça!

RENÉ, l'envisageant.

Qu'elle est vilaine comme ça!

MÉLUSINE, accablée.

Mon histoire, la voilà!
(Se pour paraît.)
Alors, et pour nous faire entendre

Du ciel qui se trouve un peu haut,
Au lieu de prier comme il faut,
Nous crions tous à ne plus nous comprendre.

SALMIGONDIS, à Kinkin.
Crions de même, et l'on verra
Comme l'on prie à l'Opéra.

TOUS LES TROIS, criant à tue-tête.
Ah! ah! ah!
Ô ciel!.. pitié! miséricorde!...
Daigne pardonner mes erreurs,
Oui, j'avais mérité la corde.
Il faut la couronner de fleurs.
Ah! oh! ah! ah!

SALMIGONDIS.
Assez!.., je n'en puis plus!

KINKIN.
Moi aussi!.. ça n'est pas mon état!...

SALMIGONDIS.
Et puis, j'ai comme un poêle sur l'estomac. Passons à la
partie d'échecs.

MÉLUSINE.
Ne me parlez pas de ma partie d'échecs... c'est une partie
perdue.

Air : Ah! qu'il fait donc bon?
Quel affreux échec!
Mon jeu d'échec
Me désespère!
Si j'eus un échec,
Ce fut avec
Mon jeu d'échec!
C'est un vieux jeu grec
(Que mes loges et mon parterre
Voyaient d'un œil sec...
Je le dis, foi de Scriwanoeck.)

(Parlé.) Eh bien ! qu'est-ce que je dis donc? (Reprenant.)
Je le dis sans salamalec.
Quel affreux échec!
Mon jeu d'échec
Me désespère!
Si j'eus un échec,
Ce fut avec
Mon jeu d'échec!

(Elle sort. — L'orchestre joue le refrain de l'air : En avant, Fanfan la
Tulipe.)

KINKIN.
Encore de l'opéra-comique?

SALMIGONDIS.
Non... de l'Ambigu... comique! (Il sort, et rentre presque immé-
diatement débarrassé de son poêle et de ses tuyaux. Fanfan la Tulipe paraît.)

SCÈNE VII.

SALMIGONDIS, KINKIN, FANFAN LA TULIPE.

FANFAN.
Ah! les coquins!.. Que faire? (A la cantonade.) Attends-moi,
Zémire... Le temps d'aller au quartier du maréchal de Saxe!...
Non, chez la marquise de Pompadour...oui, non... si... monsieur de Maurepas conspire contre madame de Pompadour, la
maîtresse de Louis XV, l'amie du maréchal de Saxe, et je le
souffrirais, moi, Fanfan la Tulipe, l'ami de madame de Pompadour, de Louis XV et du maréchal de Saxe?...non! oui!.. si!...
Comment déjouer les projets de monsieur de Maurepas? Comment sauver le maréchal de Saxe, Louis XV et la marquise de
Pompadour?... Si Louis XV apprend que la marquise de Pompadour est l'amie de Fanfan la Tulipe, monsieur de Maurepas
perdra la marquise de Pompadour dans l'esprit du maréchal...
un maréchal vieux Saxe! car j'ai mangé des pommes avec la
marquise... c'est une fille d'Ève! Je suis Normand, et ma foi!
nous avons croqué des reinettes... Que dira Louis XV? que
penseront le maréchal de Saxe et monsieur de Maurepas, en
apprenant que Fanfan la Tulipe a mangé des pommes avec la
marquise de Pompadour?... Elle est si jolie ma marquise de
Pompadour! quelle page! quelle page pour l'histoire!... Ah!
je trouve un moyen!... Je vais me déguiser en pierrot et je
dirai à la Pompadour de se déguiser en page!... Allons-y! (Il
sort.)

SALMIGONDIS.
Eh bien! vous l'avez vu?...

KINKIN, à qui Fanfan a continuellement tourné le dos.
Non, je n'ai pas pu... il se tient toujours... (Il imite les mouvements de Fanfan.)

SALMIGONDIS.
En ce cas, rappelez-le.

KINKIN.
Ça n'est pas indiscret?...

SALMIGONDIS.
Non!.. ça se fait tous les soirs...

KINKIN.
Fanfan la Tulipe!.. Fanfan la Tulipe!.. (Ici, Fanfan reparaît à
cheval et salue, puis il sort en caracolant.)

KINKIN.
Quelle est votre opinion sur cette cuisine? (?)

SALMIGONDIS.
Le titre de la pièce me chiffonne.

Air : En avant, Fanfan la Tulipe.
Quoi! pour un pareil ouvrage,
Prendre un semblable héros!
Ah! ce n'est pas là l'image
Du Fanfan d'Émil' Debeaux...
C'est avec un coup d' pied d' son père
Qu'il partit pour son régiment.
Qu'il était charmant
Ce garnement,
Qui disait, en quittant
Sa chaumière:
En avant, Fanfan la Tulipe!
Mill' millions d'un' pipe!
En avant!
Jamais il n'eut pour amie
Madame de Pompadour;
Jamais il n'eut de sa vie
Des aventures de cour.
Mais, quand la France désolée
Sur le champ d'honneur l'appelait,
Fanfan s'élançait,
Il combattait
Et criait,
A travers la mêlée:
En avant, Fanfan la Tulipe!
Mill' millions d'un' pipe,
En avant!

SCÈNE VIII.

SALMIGONDIS, KINKIN, LE MARCHAND DE COCO, imitation de
Frédéric Lemaître.

LE MARCHAND DE COCO, en échos.
A la fraîche! qui veut boire? (Il entre.)

SALMIGONDIS.
Tiens! un marchand de coco; qui êtes-vous, d'où sortez-
vous?

LE MARCHAND DE COCO.
D'où je sors?.. de l'Odéon, de la Porte-Saint-Martin, de la
Gaîté... Où je vais? à l'Ambigu-Comique.

KINKIN.
Serait-ce monsieur de Maurepas ou le maréchal de Saxe qui
court après Fanfan la Tulipe?

LE MARCHAND DE COCO, se mettant en colère.
Ah! tenez! ne m'en parlez pas de votre Fanfan... j'attends
qu'il ait fini ses manières pour me carrer à sa place sur l'affiche... moi, le marchand de coco, je futur succès en perspective.

SALMIGONDIS.
Ah! bon! je comprends... oui, oui, j'ai déjà chauffé mes fourneaux pour vous accommoder; j'ai activé mon feu avec un
roman d'Auguste Ricard.

LE MARCHAND DE COCO.
Tai... sez-vous! tai... sez-vous! ne dites pas de mal du
théâtre aux oriflammes... ou sans quoi!

KINKIN.
Le théâtre aux oriflammes?

LE MARCHAND DE COCO, mélodramatiquement.
Oui, c'est une idée qui ne serait pas venue à une mère... (D'un
ton dégagé.) Mais elle est venue à mon directeur... il nous a
réunis un jour autour de lui et nous a dit de sa belle voix dramatique : (imitant Chilly.) « Mettez des oriflammes! des oriflammes partout!... Qu'on puisse dire un jour en parlant de
moi... j'ai servi sous ses drapeaux, sous ses drapeaux! belle
idée! noble idée! grande idée... » (reprenant la voix de Frédéric.)
Vous comprenez qu'un directeur qui vous parle comme ça...
on n'a plus qu'à se jeter dans le coco pour lui être agréable...
et c'est ce que je vais faire... mais ça m'ennuie d'attendre et je
m'en vais passer la jambe à Fanfan la Tulipe. Vous savez où je
vais, Messieurs... j'espère que vous me ferez l'honneur...

KINKIN.
Comment donc... nous irons vous voir.

C'est-à-dire vous applaudir.

LE MARCHAND DE COCO.

Ah! vous me comblez!.. (criant) A la fraîche! qui veut
boire? (Il sort.)

KINKIN.

Un marchand de tisane, un soldat, n'avez-vous rien de plus
brillant?

SALMIGONDIS.

Si vous êtes friand de brillant, de clinquant, d'éblouissant et
d'abracadabrant... adressez-vous à la Féerie.

SCÈNE IX.

SALMIGONDIS, KINKIN, LA FÉERIE.

LA FÉERIE, paraissant.

La Féerie, présente!... la Féerie illustrée, le nouveau cabinet
des fées... Demandez un abonnement, six francs par an... Mes
premiers Paris sont des premiers enfers, mes nouvelles diverses
sont les diableries de la semaine... C'est moi qui ai présidé aux
nouveautés de 1858. A l'Opéra, féerie; à la Porte-Saint-Martin,
féerie; aux Variétés, féerie; au Palais-Royal, féerie; au Cir-
que-National, aux Délassements-Comiques, féerie. Aimez-vous
la féerie, on en a mis partout.

Air nouveau du Roi de la gaudriole. (FOLIES-NOUVELLES.)

Abonnez-vous au journal la Féerie,
A ce journal qui sait mettre en relief
Tous les secrets de la sorcellerie,
Et dont le diable est rédacteur en chef.
L'abonnement ne nous coûtera guère,
Et cependant, ce journal à bas prix,
Bien différent des journaux des confrères,
Pour écrivains n'admet que des esprits.
Esprit du jour, esprit du moyen âge,
Esprit des sots, esprit des érudits,
Esprit partout... oui! abonné, je gage,
Dans un journal il aura eu tant d'esprits.
De mes adjoints voici quelle est la liste:
Après Satan, mon premier rédacteur,
Et Astaroth mon chroniqueur,
Belzébuth est mon grand-chroniqueur,
Phosphoriel est chargé des images;
De Belphégor j'ai fait mon imprimeur;
Sathaniel est mon metteur en pages,
Et j'ai choisi Cerbère pour porteur.
Bref, ce journal, que des démons inventent,
D'enchantements rempli ses nouveautés,
Et si toujours mes enchanteurs enchantent,
Mes abonnés ne seront enchantés.
Abonnez-vous au journal la Féerie,
A ce journal qui sait mettre en relief
Tous les secrets de la sorcellerie,
Et dont le diable est rédacteur en chef.

KINKIN.

Par Cerbère!.. je demande à voir toutes les féeries dont on
m'a parlé tout à l'heure.

LA FÉERIE.

Les féeries dramatiques?

KINKIN.

V'oui.

LA FÉERIE.

Cela nécessite un changement à vue... A moi, fées, sorcières
et démons! (Elle lève le bras en l'air.) (Le théâtre change et représente
un jardin enchanté.)

SCÈNE X.

LES MÊMES, LA BELLE AU BOIS DORMANT, LES BIBELOTS DU
DIABLE, représentés par PHOSPHORIEL; LES PILULES, représentées
par LA FOLIE; LA BOUTEILLE A L'ENCRE, par une BOUTEILLE
DE GRÈS. (Ils entrent en se disputant.)

Air: Je viens de m'essayer (BRASSEUR DE PRESTON).

ENSEMBLE.

C'est toi, n'est encor toi !...
La fureur me transporte!
Oses-tu, sans effroi,
Te comparer à moi

PHOSPHORIEL (à la Belle au bois dormant).

Ma chère amie, est par trop forte.

LA BELLE AU BOIS DORMANT.

Oui, j'ai l'ambition
De t'égaler, cher myrmidon.

LA FOLIE DES PILULES DU DIABLE.

N'est-ce pas incroyable?

Des Pilules du Diable
Quand on sait le succès,
Pourquoi se disputer après?
Ne parlez plus de vos succès
Quand je suis là restez-bon-paix.

ENSEMBLE. (Mephisto fait claquer le mouvement qu'il me...
parlez plus de ta jalousie...
La fureur me transporte!
Que-tu, sans effroi...

LA FÉERIE.

Eh quoi!... mes petits chérubins, une querelle! On se dis-
pute? Que se passe-t-il donc?... Voyons, Belle au bois dormant, pourquoi cette irritation?

LA BELLE AU BOIS DORMANT, montrant Phosphoriel.

Ce sont ces insolents Bibelots qui m'étourdissent de leur
succès, qui me vantent leurs cent représentations, comme s'il
était difficile de réussir quand on prend pour soi, comme un
filou, tous les talismans des autres théâtres.

LA BOUTEILLE A L'ENCRE.

Oui, c'est bien malin!

PHOSPHORIEL.

Ah! tu vas t'en mêler aussi, toi, la Bouteille à l'Encre!

LA BOUTEILLE A L'ENCRE.

Pourquoi pas?

PHOSPHORIEL.

A ces Délassements, tout de suite!

LA BELLE AU BOIS DORMANT.

Il n'est pas étonnant, quand on a tous les secrets magiques à rauber,
à faire, qu'on fasse un succès quelconque...
Vous avez pris le Rameau d'or,
Vous avez pris la Queu du diable,
Avec les Pilules du diable!
Vous avez pris, quoi donc encore?
Le Mirliton!

LA FOLIE.

C'est effroyable!

LA BELLE AU BOIS DORMANT.

Impardonnable!

LA BELLE AU BOIS DORMANT.

A chaque féerie en crédit
Vous avez tout pris, sans rien rendre.

PHOSPHORIEL.

Mais je n'ai plus pris ton esprit,
Faute de savoir où le prendre. (bis.)
Le prendre.

LA BELLE AU BOIS DORMANT, furieuse.

Tu n'es qu'un insolent rival... mais patience... j'aurai mon
tour...

PHOSPHORIEL.

Et qui t'en empêche, ma belle?

LA BOUTEILLE A L'ENCRE.

Quant à moi, j'ai eu le mien.

PHOSPHORIEL.

A ces Délassements, tout de suite!

LA FOLIE.

Assez! assez!... vous me faites pitié avec vos réputations
centenaires... Taisez-vous et inclinez-vous devant moi!
Peu de vos jours suis connu,
De toutes d'huile, je parle de moi... mon nom
j'ai fait... de la renommée
On parle, plus de vos exploits...
Vos cent petits et ridicules!
Lorsque j'ai brillé huit cents fois,
Ne parlez plus de vos exploits.
Oui, le Cirque national
Suit toujours les mêmes formules,
Et, sitôt qu'il est au plus mal,
Bien vite il reprend ses Pilules...
Et l'on avale ses pilules,
Ne parlez plus de vos exploits, etc.

MÉPHISTOPHÉLÈS, sortant d'une trappe, et riant du rire satanique de Rouyière.

Ah! ah! ah! ah! ah! ah!

TOUTES LES FÉERIES.

Le diable!... (elles se sauvent.)

SCÈNE XI.

SALMIGONDIS, KINKIN, MÉPHISTOPHÉLÈS, puis FAUST.

KINKIN, reculant de crainte.

Le Diable!

SALMIGONDIS.

C'est Méphisto!

KINKIN.

Oh! oh! comme il est nerveux! Pourquoi fait-il ce geste ? On dirait qu'il trace un S dans le vide.

SALMIGONDIS.

Oui!... Méphisto fait l'S... C'est avec ce mouvement qu'il magnétise Faust et Marguerite... Voulez-vous voir Faust?

KINKIN.

Il faut du Faust, mais pas trop n'en *Faust*.

SALMIGONDIS.

Quand vous bâillerez, j'arrêterai les frais. Attention ! (il fait un signe. — Musique.)

FAUST, entrant, il tient une vieille paire de bottes trouées.

Ainsi, j'ai pu maîtriser l'orage... j'ai pu détourner la foudre, et je ne saurais rendre la fraîcheur à ces vieilles bottes.

MÉPHISTOPHÉLÈS.

Qui t'en *empeigne* ? qui t'en *empeigne* ?...

FAUST.

Un étranger !

MÉPHISTOPHÉLÈS.

Un ami... Magnus !

FAUST.

Magnus, magna, magnum ! Le savant, l'illustre Magnus, magna, magnum !

MÉPHISTOPHÉLÈS.

Savant !... ah ! ah ! ah ! Les savants sont des ânes... ah ! ah ! ah ! ah !

FAUST.

Il a raison... on pâlit devant les secrets ignorés de la nature.. Que gagne-t-on ? un mauvais estomac, et puis, votre dos devient une butte, votre front devient un genou.

MÉPHISTOPHÉLÈS.

Et quand passe une fillette, on se dit : qu'ai-je fait de ma jeunesse ?... ah ! ah ! ah !

FAUST.

Encore ce ricanement .. tu es Satan !...

SALMIGONDIS.

Méphistophélès !... D'un coup d'aile j'ai franchi l'Apennin... et j'accours pour te servir. Veux-tu que je te rende ta jeunesse ?... veux-tu être aimé de Marguerite?...

FAUST.

Aimé de Marguerite!... Oh! si tu faisais cela?...

MÉPHISTOPHÉLÈS.

Je le ferai !.. je le ferai.

FAUST.

C'est une attrape.

MÉPHISTOPHÉLÈS, désignant une planche du théâtre.

La trappe... la voilà !

FAUST, se plaçant dessus.

Ah! bien!..

MÉPHISTOPHÉLÈS.

Y es-tu?..

FAUST.

Oui.

MÉPHISTOPHÉLÈS.

Allez !... (il touche Faust qui redevient jeune. Une nymphe entre et présente un miroir à Faust.)

FAUST, se regardant.

Est-ce bien moi?... plus de cheveux gris, plus de rides, plus de pattes d'oie!.. Je te salue, terre du printemps, terre émaillée de pâquerettes et de femmes blondes!... je te salue, soleil de ma jeunesse et de mes illusions!.. je me sens jeune et fort!.. je respire!.. j'existe!..

MÉPHISTOPHÉLÈS.

Veux-tu aller chez Marguerite?...

FAUST.

Chez Marguerite?... Oh ! oui!...

MÉPHISTOPHÉLÈS, montrant la coulisse de gauche.

Eh bien ! la voilà !..

FAUST, sortant.

Ah! Marguerite!..

MÉPHISTOPHÉLÈS, sortant derrière lui.

Ah! ah! ah! ah! ah!...

SCÈNE XII.

SALMIGONDIS, KINKIN ; puis UN CANOTIER.

KINKIN.

Mais, dans tout ce que vous me faites avaler, je ne sais pas quels sont les meilleurs plats... comment savoir où est le succès?...

SALMIGONDIS.

En assistant aux régates dramatiques.

KINKIN.

Des joutes sur l'eau?...

SALMIGONDIS.

Où toutes les pièces de l'année luttent les unes contre les autres. Holà! du canot!... hé!..

UN CANOTIER, entrant.

Présent !...

Air connu.

La itou, tra la la la ! (4 fois).
Vous obéir est mon devoir ;
A mon signal vous allez voir
Tous les théâtres de Paris
Ici se disputer le prix.

ENSEMBLE.

La itou, tra la la la !
(Le décor change et représente les bords de la Seine avec des mâts pavoisés et des barques qui glissent sur l'eau. — Tableau.)

SCÈNE XIII.

LES PRÉCÉDENTS, TOUTES LES NOUVEAUTÉS DRAMATIQUES; FOULE DE SPECTATEURS.

LE CANOTIER.

La joute va commencer ;
Grand Kinkin, veuillez vous placer.
Ici plus d'un succès nouveau
A vos yeux va tomber dans l'eau.

CHŒUR.

La itou, tra la la, etc.

SALMIGONDIS.

Le Grand Jean-Bart contre *les Crochets du père Martin.* (Les deux personnages s'avancent chacun à la tête d'une barque armés d'une lance de jouteur.)

LE CANOTIER.

Air de la reine Mab.

Attention, courage et bonne chance.

TOUS.

Tra la la, tra la la, la la.

LE CANOTIER.

Voilà, voilà, le combat qui commence.

(Le Père Martin jette Jean-Bart à l'eau.)

SALMIGONDIS.

Hourra, patatras !

Ah !

Jean-Bart mérit' ça.

SALMIGONDIS.

Les Fugitifs contre *le Pont-Rouge.* (Entrée des personnages.)

LE CANOTIER.

(Même air.)

Les Fugitifs lutt'nt contre le Pont-Rouge !
Tra la la, tra la la, la la.
Attention, que personne ne bouge...

(Le Pont-Rouge tombe à l'eau.)

SALMIGONDIS.

Hourra, patatras !

Ah !

A l'eau ce pont-là !

SALMIGONDIS.

Les Mariages dangereux contre *le Grain de Café.* (Entrée des personnages.)

LE CANOTIER.

Vouloir jouter c'est trop de hardiesse.
Tra la la, tra la la, la la.
(Sans chercher à lutter, ils tombent à l'eau tous les deux.)
Quoi ! sans combattre, ils tombent de faiblesse!

SALMIGONDIS.

Hourra, patatras !

Ah !

A l'eau ces pièc's-là !

SALMIGONDIS.

Faust contre *Fanfan la Tulipe.* (Entrée des personnages.)

LE CANOTIER.
Voici venir la lutte formidable.
Tra la la, tra la la, la la.
Nous allons voir Fanfan contre le Diable.
(Faust tombe à l'eau.)

SALMIGONDIS.
Hourra, patatras!
Ah!
Le diable boira!

SALMIGONDIS.
Le Jeune Homme pauvre contre les Bibelots du Diable. (Entrée des personnages.)

LE CANOTIER.
Les Bibelots lutter contre un jeune homme!

CHŒUR.
Tra la la, tra la la, la la.

LE CANOTIER.
Nous allons voir à qui donner la pommе!
(Les Bibelots tombent à l'eau.)

SALMIGONDIS.
Hourra, patatras!
Ah!
Qu'est-c' qu'aurait dit ça?
LE CANOTIER, au public.
Pour terminer avec intelligence...

CHŒUR.
Tra la la, tra la la, la la.
LE CANOTIER.
Nos deux auteurs ont recours à la danse.
Leur esprit, oui-da,
Ne vaudrait pas ça!

CHŒUR GÉNÉRAL.
Nos deux auteurs ont recours à la danse,
Leur esprit, oui-da,
Ah!
Ne vaudrait pas ça!

(Ballet.)

FIN.

UN franc le volume de 350 à 400 pages

COLLECTION MICHEL LÉVY

des meilleurs ouvrages contemporains

FORMAT GRAND IN-18 (Charpentier), IMPRIMÉ SUR BEAU PAPIER SATINÉ

CONTENANT LA MATIÈRE DE 2 OU 3 VOLUMES IN-OCTAVO

IL PARAIT UN OU DEUX VOLUMES TOUS LES HUIT JOURS

OUVRAGES PARUS ET A PARAITRE